En la boca del lobo

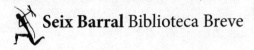
Seix Barral Biblioteca Breve

Elvira Lindo
En la boca del lobo

Obra editada en colaboración con Editorial Planeta – España

© 2023, Elvira Lindo

© 2023, Editorial Planeta S.A. – Barcelona, España

Derechos reservados

© 2023, Editorial Planeta Mexicana, S.A. de C.V.
Bajo el sello editorial SEIX BARRAL M.R.
Avenida Presidente Masarik núm. 111,
Piso 2, Polanco V Sección, Miguel Hidalgo
C.P. 11560, Ciudad de México
www.planetadelibros.com.mx

De la traducción del poema de Emily Brontë de la p. 129, Antonio Muñoz
Molina

Primera edición impresa en España: abril de 2023
ISBN: 978-84-322-4196-3

Primera edición impresa en México: junio de 2023
ISBN: 978-607-39-0176-5

Impreso en los talleres de Litográfica Ingramex, S.A. de C.V.
Centeno núm. 162-1, colonia Granjas Esmeralda, Ciudad de México
Impreso en México –*Printed in Mexico*

Para Elvira Garrido,
ejemplo inagotable de coraje y alegría

Una voz muy débil en mi interior sugiere una posibilidad: ¿cómo va a haber redención y resurrección sin un gran sufrimiento? ¿Y no son acaso la lucha y la superación las auténticas tareas de nuestras vidas? Puede que dentro de diez años piense de otra manera. Entretanto, esto es lo que sé: la maldad forma parte de nuestro bello mundo.

Horas de invierno,
MARY OLIVER

I

EL SAPO

Todo, menos venir para acabarse.
Mejor rayo de luz que nunca cesa;
o gota de agua que se sube al cielo
y se devuelve al mar en las tormentas.

O ser aire que corra los espacios
en forma de huracán, o brisa fresca.
¡Todo, menos venir para acabarse,
como se acaba, al fin, nuestra existencia!

CONCHA MÉNDEZ

Llegamos a La Sabina pocos días después de que acabara el colegio. Mi madre hizo la maleta con aturdimiento y con rabia. Yo la observaba en silencio, desde un rincón de su dormitorio, con las manos apoyadas en las caderas, sintiendo que debía disculparme, pero sin encontrar la razón para hacerlo. Iban cayendo en el interior de la maleta las bragas de las dos, los sostenes de ella, los bañadores, las camisetas, algún vestido, las zapatillas, las cangrejeras. No te quedes ahí embobada y mete los libros en la mochila. Eran libros de repetidora, porque ya no había forma de salvar el curso. Ni por el conocimiento ni por la actitud. Lo que había en esta cabeza mía era un misterio, por su experiencia sabía que los niños no pueden albergar secretos que les impidan vivir con alegría. Algo así había oído mientras esperaba a mi madre sentada en el banco que había a la puerta de la tutoría. Se evade, decía mi tutora, Julieta está en otro lugar, nada capta un interés que ha ido perdiendo a lo largo del curso, de la misma forma que su conocimiento de las materias se ha ido diluyendo hasta casi dar la impresión de que no queda nada dentro de su cabeza, incluso de que se ha producido un olvido total de lo que aprendió el curso anterior. Reacciona, sí, se activa cuando salimos al patio a jugar al baloncesto, entonces vuela, conecta con sus compañeras, compite, saca una furia interior que se apaga nada más entrar de nuevo en clase. En la cancha siempre es líder, en el aula se ausenta. Esto no es una sorpresa, te lo hemos venido advirtiendo a lo largo del curso, algo pasa y no sabemos qué es, y yo siento que he perdido a mi niña, a mi alumna querida del año pasado. ¿Es que contigo no se muestra ausente? Algo notarás, es tu hija. No, no vengas con ésas, no es que te culpe, te pones a la defensiva y eso no nos sirve de nada, ni a ti, ni a ella, ni a mí. No puedo creer que se deba a un retraso repentino, eso no existe, Guillermina, los niños no se retraen de un día para otro. Eres responsable de ella y como no actúes este verano... Las vacaciones pueden ser una oportunidad para despejar esta incógnita. Si vuelve de la misma manera tendré que hablarlo con alguien. Con quién, pues con un especialista. No es una amenaza, es mi deber. Deberías alegrarte de que me preocupe por ella en vez de ponerte en guardia. Y no, no se trata de que no llegues a todo, muchas madres de este centro trabajan y pasan poco tiempo con sus hijos. No es eso. Los niños pueden acusar la ausencia materna, desde luego que sí, pero eso no sería una razón suficiente para esta especie de evasión mental.

Estoy segura de que tú percibes en ella algo mucho más profundo y por alguna razón que no alcanzo a entender tienes miedo a asumirlo.

Escuchaba lamentos, entre el sorber de los mocos y algún sollozo, frases incoherentes, alguna promesa débil. Salió mi madre de la tutoría y detrás de ella, Laura, mi tutora, que se agachó para darme un beso. Hubiera querido pedirle perdón, decirle que lo sentía de veras, pero que no podía evitar ser esta nueva yo que se imponía a aquella niña de antes que ella quería tanto. Siguiendo un impulso irrefrenable, le volví la cara, arisca, rechacé el beso y salí corriendo tras mi madre, que anduvo a zancadas hasta alcanzar el aparcamiento. Volvimos a casa en silencio y casi en silencio pasamos varios días. Rafael no estaba, pero eso no era extraño, Rafael iba y venía. Parecía tan natural su ausencia como el espacio abusivo que ocupaba su presencia. Cada vez que escuchábamos la maquinaria del ascensor subiendo y pararse en nuestro rellano, mi madre se ponía tensa esperando que la puerta se abriera. Trataba de disimular ese temor constante que tenía a que un buen día desapareciera para siempre. Cuando por sorpresa abría la puerta con la llave que le dio casi desde que empezaron a salir, Guillermina se movía zalamera a su alrededor, celebraba su llegada con risas y me animaba a que participara de su entusiasmo. Y yo me unía, sonriente pero callada, cómplice de ella, también de él aunque de otra manera, del hombre que sacaba de su mochila, como el mago saca el conejo de la chistera, unas sombras de ojos con purpurina, laca de uñas de colores, unas cangrejeras, ¡iremos a la playa! Una mochila con el rostro de Britney Spears. Yo recibía el regalo en mis manos. Di gracias, Julieta. Gracias. Y era consciente de que Guillermina se quedaba esperando el suyo, defraudada por no ser la niña, por no ser yo.

Pocas veces la llamaba mamá. Tal vez sólo delante de mis amigas o de las suyas. No sé cuál de las dos impuso el hábito de que la llamara por su nombre, Guillermina, creo que lo asumimos con naturalidad, sin advertir rareza alguna en esa costumbre, que encajaba bien con su actitud poco maternal. No significaba que fuéramos como amigas, pero ella se sentía más cómoda en un papel de hermana mayor, así lo veo ahora; todo respondía a una especie de incomodidad que le provocaba su condición de madre. Me tuvo con dieciséis años, así que las dos nos quedamos huérfanas cuando mi abuela murió.

De camino a casa, con el boletín de notas en el salpicadero como una hoja de publicidad condenada a acabar en la basura, mi madre maldecía, se sentía víctima del colegio, del sistema, del entrometimiento inaceptable de mi tutora, de su condición de madre desamparada —de pronto era madre—, de su soledad, de la imposibilidad de largarse, aunque yo no sabía si me incluía a mí en esa fuga, de vivir prisionera de los errores que cometió cuando era una adolescente. Con pocos años más que tú ya se me había jodido en parte la vida, decía. No hacía falta echar las cuentas para saber de qué hablaba. Eran muchas las veces en que brotaba de ella ese odio, no hacia mí sino hacia sí misma, hacia la chica precoz y temeraria que casi desde niña buscaba el desafío más que el placer, o que sólo ante el desafío encontraba satisfacción. Detestaba a la muchacha que se quedó embarazada a los dieciséis: aun así, tuve suerte, créeme, me podría haber ocurrido perfectamente a los quince. Me creía lista y, ¿qué era?, me preguntaba. Yo me solía encoger de hombros y mirar a otro lado. Era tonta del culo, se respondía, tonta, tonta. Ya ves tú, lista, ¡yo! Listos eran ellos. Ellos, tal y como yo lo entendía, eran los tíos del barrio con los que entonces salía. Ellos era en mi mente una especie de batallón en el que no había ninguna cabeza visible que yo hubiera podido considerar padre. Tras esta furia rabiosa contra sí misma, venía el momento de la autocompasión: pero, qué quieres, no tuve a nadie que me protegiera.

Protegerla hubiera significado ayudarla a que yo no hubiera venido al mundo. Son cosas que se entienden tarde. Las palabras de mi madre siguen

17

en mí y van esclareciéndose poco a poco, como si cada frase, por simple que ésta sea, contuviera un misterio que se queda cobijado en mi mente hasta que el tiempo lo desvela. Fui creciendo en su barriga de adolescente sin que nadie lo advirtiera y ella actuó como solía, dejando que la corriente de la vida la arrastrara, camuflando el embarazo hasta que ya no se pudo volver atrás. Siempre fue incapaz de prevenir el desastre que provoca la inacción o la negligencia.

De cualquier manera, a pesar de mi inocencia, yo podía intuir que el inicio de su desgracia se situaba en el día mismo en que supo que estaba embarazada de mí. Y a menudo sentía pena, la sentía de veras por aquella chica que no sabía amparar una nueva vida por ser incapaz de cuidar de la propia. Solía jurar, jurarse a sí misma con mucha convicción, que no permitiría que a mí me ocurriera lo mismo: tu vida será todo lo libre que no ha sido la mía. Ella incumplió su juramento, pero yo encontré a mi manera una libertad que ella no hubiera podido concebir.

La escuchaba monologar en silencio, esperaba con ansiedad el momento en que narraba la razón de su infortunio, y aunque ella no fuera del todo consciente de que se refería a mí ni guardara en sus palabras mala intención, me hacía sentir una vez y otra y otra responsable de esa vida malgastada, de sus sueños truncados. ¿Cuáles habían sido sus sueños? ¿Cuáles todas aquellas puertas que se le hubieran abierto de no haber llegado yo? Imposible saberlo, porque no acababa de concretar jamás cuáles fueron sus ilusiones frustradas, y yo no me atrevía a preguntarle: Guillermina, de no haber sido por mí, ¿qué te habría gustado llegar a ser en la vida? No lo preguntaba porque intuía el dolor que podía provocarle una pregunta que la llevaría a enfrentarse con la tara de su carácter que la incapacitaba para emprender cualquier tarea: una carencia absoluta de voluntad, la atracción insana a dejarse arrastrar por el peligro. Podría decirse que yo era su castigo, pero también en cierto modo su refugio, mi existencia justificaba una ausencia total de ambición. ¿Qué habría podido llegar a ser mi pobre madre siempre tan aturdida, tan propensa a la dispersión, incapaz de concentrarse en alguna otra cosa que no fuera aquella rutina monótona con la que finalmente se ganaba la vida en el bar? Mi madre estuvo presa siempre de ese don que le había sido concedido y que no le suponía ningún esfuerzo: la belleza arrasadora e irreflexiva que la volvía acomodaticia, y le permitía regodearse en una permanente queja estéril.

La necesidad de tenerla de mi parte me condenaba a ocultar el rencor que acumulé hacia ella en aquel último curso. De haber sabido verbalizar mi rabia le hubiera gritado, mírame a mí de una puta vez, sálvame tú ahora, ocúpate de algo más que de

19

tu desgracia. Pero la vida no te da armas para defenderte cuando eres niña, te las concede cuando ya es demasiado tarde.

Dejamos atrás nuestra calle de Valencia, la del mismo barrio al que llegó mi abuela con ella de niña, Benimaclet, y enfilamos la carretera de Ademuz para volver a La Sabina, la aldea donde las dos habían nacido. Mi madre fue la última criatura que nació en una casa; aunque en el año 1975 fuera algo infrecuente, el parto se precipitó y no dio tiempo a llevar a mi abuela a Teruel. Cuando la niña cumplió once años, mi abuela Esmeralda decidió abandonar el pueblo y emigrar a Valencia para trabajar en un taller de vestidos de novia, de fiesta y de fallera. Se pasaba la vida lamentándose por esa decisión, pero jamás delante de mi madre, que no soportaba esa cantinela. Buscaba el mar, el calor, la luz eléctrica, un lugar con futuro para su hija, pero siempre acababa diciendo que si hubiera llegado a saber que iba a llevar una vida volcada sobre la máquina no se hubiera movido de su monte: para envejecer encorvada, mejor que sea en tu propia casa. Terminó sus días cortando trajes de boda para las vecinas, la Chanel de Benimaclet, la llamaban, pero quejándose también de que a mi madre no le gustaran los vestidos, y de que yo, su nieta, a los ocho años ya me hubiera negado a llevar esas pecheras de nido de abeja y esas mangas de farol.

Emma suele decir que hay personas que se apoderan del sufrimiento, del propio y del ajeno, que lo acaparan de tal manera que no dejan lugar a los demás para expresar una pequeña queja, así que sin pretenderlo nos acaban adiestrando en disfrutar de la vida, por poco que ésta nos ofrezca. Eso es lo que me dejaron en herencia mi abuela y mi madre.

La casa familiar de la aldea ya era nuestra una vez que el tío Claudio había muerto el pasado invierno. Mi madre era la única nieta, la única hija, la única sobrina, así que de pronto se había convertido en propietaria. Iba al volante, las dos con las ventanillas medio bajadas, yo eligiendo la música, repitiendo cada dos por tres el *Baby One More Time*, de Britney Spears, y ella pidiéndome a Los Planetas, o a Nirvana, cantando un rato, y luego pasando del reproche al recuerdo. Hazme la vida fácil, joder, que no te falta de nada. ¿Te falta algo? Dime algo que no hayas tenido. Nada, le decía, lo tengo todo, que no es eso. Entonces, ¿no te das cuenta de que me atormentas? ¿Vas a estudiar? Le dije que sí, que le prometía estudiar, le aseguraba también que no buscaría gresca con nadie, algo que había hecho con frecuencia en los últimos tiempos. Si alguien se interponía en mi camino, bum. Si alguien se me ponía chulo en el patio, bum. Si a alguien se le ocurría decirme que mi madre parecía mi hermana me daba la vuelta dejando a esa persona con la palabra en la boca y le enseñaba el dedo. Yo estoy bien ahora, le dije. Me refería a ese momento preciso en que las dos íbamos solas hacia otro lugar, a un sitio sólo nuestro. Y ella murmuraba, a costa de que hemos salido corriendo, de hacerme quedar mal, de decidir en contra de mis deseos. No sé si ella me retaba a hablar o me forzaba al silencio. Nunca podré saberlo.

La tensión se esfumaba y entonces me contaba recuerdos de la aldea. Eran los mismos de siempre, los archisabidos, porque mi abuela y ella los guardaban como encapsulados y no se esforzaban en renovar nunca el relato. Me los contaban sin tenerme muy en cuenta, y yo las escuchaba con ironía, consciente desde muy niña de que era más inteligente que ellas, y de que precisamente por eso debía disimularlo, para no provocar enfado o burla. Para ellas era la listilla. En mi casa te salía a cuenta ocultar lo que sabías.

Según íbamos avanzando, ella se relajaba y afloraba ese fondo sereno y humorístico que la embellecía y la acercaba a mí. Me decía que tenía que sentirme afortunada, porque desde el año pasado habían instalado el tendido eléctrico en la calle y había mejorado el servicio en las casas, aunque ella no hubiera sido consciente de niña de esas carencias que solían cubrirse con la luz pobre del gasóleo o de aquella lumbre que daba un calor hiriente en las piernas y dejaba el culo helado. No me había traído a la aldea casi nunca, le decía yo, la última vez debía yo de tener unos siete años. Y de aquellos escasos días quedaban tan sólo vagos recuerdos: las manos dentro de una fuente de agua helada, los juegos con Virtuditas en la hierba de la hondonada, la salamanquesa que observaba con asombro cada noche y que acabó entre los dientes del gato y el empeño de mi madre en que durmiéramos en la misma cama la abuela, ella y yo, aunque a mí me tocara la raja que separaba las dos camas que acabaron atando con una cuerda después de que me escurriera por ella varias veces la primera noche. También recuerdo haber llorado con desconsuelo porque no me dejaba montarme con el tío Claudio en la mula.

Ella trataba de explicarme el desapego que sentía hacia el sitio en el que había nacido, aunque yo no pudiera comprenderla porque aún no tenía las necesidades de una adolescente; ella allí se moría de aburrimiento, y había incluso algo peor que el tedio insoportable, me decía, que era el sentirse observada, juzgada, compadecida, una circunstancia que no se puede evitar cuando tienes una barriga con quince años y eres madre a los dieciséis. Su incomodidad nos condenaba a la abuela y a mí a las achicharrantes noches del piso de Valencia y a la marcha diaria en el *trenet* hasta la playa para aliviar el calor. Así que aquella mañana tenía la sensación de ir por primera vez de vacaciones, de estar inaugurando de veras el verano, como cualquiera de mis amigas, de marcharme a un pueblo que era mío, aunque su aspecto se había borrado tanto de mi memoria que en el recuerdo lo había dibujado a la medida de mis deseos. Ella había emprendido el viaje a pesar suyo y yo, a cada kilómetro que avanzábamos, sentía que dejaba atrás el mundo al que no deseaba volver.

Nuestro escueto árbol familiar, una vez muerto el tío Claudio, se reducía a nosotras dos. Sólo me quedaba de aquel hombre el recuerdo de su voz oscura y arenosa en el teléfono, dando cuenta de la cosecha de esa pequeña tierra que él cuidaba y que ahora también nos pertenecía. A pesar de que no vinimos a verlo ni cuando enfermó, nos mandaba cada estación una caja con los frutos de la huerta que ponía en manos de cualquier paisano que tomara la Chelvana, el autocar que viajaba a diario a Valencia, y yo solía fantasear con que aquel lazo familiar se reharía cuando fuera adulta y pudiera corregir el desapego de mi madre.

Subíamos ya por el monte, diez kilómetros de camino sin asfaltar, envueltas en tierra seca, entre recuerdos y maldiciones, con las manos yo en el cristal delantero para que las piedras no nos lo rompieran y riéndonos de los moscardones que iban espachurrándose contra él. Mi madre se burlaba de nuestra mala suerte: para una vez que heredamos, mira dónde tenemos la propiedad, qué te parece, hay que joderse, en el culo del mundo, y me daba un codazo, contagiándome la carcajada. Las dos de nuevo riéndonos, poniendo distancia, con cada kilómetro, a nuestra amenazante vida diaria, más como hermanas que como madre e hija, Guillermina y Julieta.

Entramos en La Sabina con las ruedas levantando una nube de polvo. Una placa celebraba a nuestra derecha la llegada del alumbrado eléctrico: 2001. Enfrente, en el muro verde de un frontón, se daba cuenta con pintura blanca de la altura, 1.180 metros. Once habitantes contaba la aldea entonces, que parecían estar informados de nuestra llegada porque fueron saliendo de sus casas a nuestro paso, haciendo visera con las manos para protegerse del sol a esa hora ardiente del mediodía. Mi madre dejó el coche a la entrada de la calle estrechísima del tío Claudio y las dos bajamos a saludar a las vecinas. Allí éramos las sobrinas del tío Claudio, que parecía ser tío de todo el pueblo, y también nos nombraban como la hija y la nieta de la Esmeralda. Las cuatro mujeres de la aldea, Virtudes, Milagros, Encarna, Paquita, entraron con nosotras en la casica, como así la llamaban. La llave enorme de hierro que sostenía Milagros en su mano hábil y ruda y una patada decisiva en la parte inferior abrieron la puerta, chirriaron a óxido los goznes, y ante nuestros ojos, oscura y húmeda como una cueva, se hizo visible la entrada, donde fuimos distinguiendo la bici del tío, los troncos de leña, unas sillas de plástico de Pepsi-Cola y otro asiento muy chico de enea con la curva del culo de todos esos antepasados de los que no guardábamos recuerdo alguno. Un haz de luz entraba por la rendija de una puerta de madera oscura que daba al corral, y desde la gatera asomaba un gato que nos estuvo observando prudente y esquivo durante toda la mañana. Virtudes, Milagros, Encarna, Paquita, supervivientes casi todas a sus maridos, con hijos que habían emigrado a Barcelona, a Valencia, a Noruega, que tal vez aparecerían una semana en agosto para que los nietos supieran lo que habían sido los veranos salvajes de una infancia en la que se aprendía lo que eran los días sin horas, medidos tan sólo por la luz, disfrutando de la armonía natural que existe entre la idea del tiempo sin tiempo de los niños y el transcurrir del verano en una remota aldea de monte.

Por allí no pasaba nadie, no pasaban ni de largo los coches. Cuando se llegaba a La Sabina era y es como si se aterrizara en el fin del mundo, en un pequeño valle entre montes en el que ya no hay un más allá. Virtudes, Milagros, Encarna, Paquita, ellas sí que habían parido en el hospital de Teruel, así que mi madre, que había sido la niña nacida en aquella casa, era como hija de todas aquellas mujeres. Mira, Julieta, me decían, en esta cama nació tu madre. La comadrona era la Paquita, la primera que había tenido en sus brazos a esta muchacha tan guapa, que míralas a las dos, parecen hermanas. Milagros había hecho las veces de madre de leche, porque la de mi abuela no era buena y a ella le sobraba de la de su propio crío. Ya podías acordarte más de mí, despegada, le decía Milagros guiñándome un ojo. Siempre ha sido muy suya, muy independiente, decían, describiéndola como si no estuviera presente. Yo observaba a mi madre y la imaginaba de pronto como una niña entre aquellas vecinas. Y pienso ahora que tal vez mi nacimiento interrumpió su destino natural, que era ser sólo hija, niña entre las mujeres, nunca madre.

En la casa del tío Claudio, que ya era nuestra, todo era pequeño, los techos, las sillas, la mesa de la cocina, la diminuta encimera, el aparador. Llegaba a imaginar al tío misterioso como un gnomo. Era como si la casa hubiera sido construida para una familia enana, y yo me sentía felizmente acogida entre tanta miniatura. Las ventanas eran chicas, ventanucos. Si te sentabas en las sillas de la cocina, de patas tan cortas, la mirada se quedaba justo a la altura de los ojos para observar la calle, por la que no pasaba nadie, salvo Virtudes, Milagros, Encarna o Paquita. O los hombres, al atardecer, que volvían del campo, de la central eléctrica o del mismo monte, donde había que echar vistazos por si había riesgo de incendio o algún insensato se hubiera perdido, o muerto. El año pasado hubo un chiquillo muerto en una acequia. ¿Y de quién era el niño? Ah, eso ni se supo ni se va a saber. De unos veraneantes, dicen. Tan concretas cuando hablaban para las tareas domésticas como imprecisas al meterse en terrenos de habladurías.

Las cuatro mujeres estaban de acuerdo en que había que acabar con esa delgadez que me marcaba todos los huesecicos. Está esmirriada, decían, y miraban a mi madre buscando una razón para mi delgadez. Hay que dejarla, contestaba ella, es así y es así. Coma lo que coma sigue enclenque. Y ahora se ha echado para delante, como sacando chepa. ¿Por qué?, les preguntó a las mujeres como si ellas pudieran encontrar la respuesta. Ah, preguntádselo a ella. Con lo bonica que es, se decían unas a otras como con pena por una niña que podría ser sin duda más del gusto de todas. Se despidieron de nosotras contentas y suspicaces, pensando que aquel lugar del que veníamos no nos trataba bien, pero pronto aprendí que las despedidas no eran definitivas: a cada momento volvía una u otra trayendo algo sabroso para engordarme. El gato también se iba acercando, el gato sin nombre, porque mi tío Claudio creía que los gatos no debían tenerlo. Como señal de recibimiento y amistad, el gato blanquinegro que vagaba libre por la casa tras la muerte de su amo dejó un pájaro muerto a nuestros pies. Joder, qué asco, madre mía, gritó mi madre, esto es el campo, que lo sepas. Habrá que recogerlo, añadió, y se me quedó mirando. Lo recogí, con escrúpulo, pensando que siempre sería mejor este lugar que el que habíamos dejado atrás.

Mi madre me había advertido de que pensaba marcarme un horario para estudiar, pero los días pasaban y se nos echaba el tiempo encima sin sentir. Yo me entretenía poniendo algo de orden en nuestra propiedad, limpiando de hierbajos el corral y haciendo que pareciera un patio donde tomar el fresco. Salíamos cuando atardecía y nos sentábamos en las sillas de Pepsi. Mi madre se liaba un cigarro, que parecía un porro, porque era un porro, y se empeñaba en explicarme que prefería hacérselos ella misma por salud, porque así estaba al tanto de fumarse algo natural, que no hiciera daño a los pulmones y de paso le aliviara la angustia. Alguna vez yo me ofrecí a liarle uno, pero me dijo que hasta ahí podíamos llegar.

Cuando se acababa el cigarrillo saludable dejábamos el patio para salir a la calle y buscar a las vecinas, que, tras la cena, salían a la fresca. Virtudes, Milagros, Encarna, Paquita, también algún marido, aunque ellos no solían estar quietos, andaban de un lado a otro de la calle con las manos a la espalda y las piernas arqueadas, como si se les hubieran quedado así de tanto montar en mulo. Las mujeres hablaban de sus hijos, de las colocaciones, de los sueldos, de los ascensos, hablaban mucho de los ascensos, y competían entre ellas; nosotras sólo escuchábamos porque a mi madre no le gustaba dar detalles de nuestra vida, y yo no tenía ni ganas ni autoridad.

Dormíamos juntas en los dos somieres atados por las patas con la cuerda de tender, con el mismo cabecero de la cama en la que ella había nacido y había muerto tanta gente, mucho antes incluso de que el tío Claudio estuviera en este mundo. Había otro cuarto chico, el que había sido la habitación de mi madre, con dos muñecas que seguían en un estante presas todavía dentro de su embalaje, y una foto de ella a los ocho años disfrazada de Virgen Niña para una función en la iglesia, ataviada con el traje que le había hecho mi abuela, que también cosía los ropajes de la Virgen de la iglesia: una túnica blanca atada a la cintura con un cordón dorado y la toca azul celeste sobre los hombros. Su melena castaña enmarcaba una cara angelical en la que mi abuela había resaltado las mejillas con colorete. Los labios pintados le daban un aspecto de postal coloreada y los pies descalzos, de cierto desamparo. Enmarcada y colgada en la pared de la cama parecía una de esas estampas a las que rezaban los niños antiguos.

En la mesita de noche de nuestro cuarto yo había colocado mis libros, no los del colegio, sino los libros míos de leer, casi todos los que tenía, *Charlie y la fábrica de chocolate*, *Matilda*, los *Manolitos*, *El pequeño vampiro*, cuatro de *Pesadillas*. A veces le contaba a mi madre alguno, el de *Matilda* le indignaba, pero me hacía leérselo. No sabía cómo en un libro que era para niños se podía describir a los padres como a unos subnormales. Vaya enseñanza, ¿y eso quién dices que te lo recomienda? Me lo recomienda Laura, mi tutora. Y se lo decía casi sin atreverme, porque sabía la ojeriza que le tenía a mi tutora. La tutora, la tutora, yo alucino, te recomienda esto y luego va la tía y me echa la bronca a mí. Pero la verdad es que también se reía.

La risa de mi madre era lo mejor que había en ella. He pensado muchas veces que en esa risa residía el secreto de lo que podría haber sido y no se lo permitieron la mala suerte y la mala cabeza, a partes iguales. Apagábamos la luz y la oscuridad era tan espesa que no nos veíamos las manos. Mi madre comparaba la negrura de la noche en la aldea con una morcilla de pan, negra y densa. Escucha, me decía, en la ciudad llaman a esto silencio pero está plagado por el canto de los grillos, el de la lechuza o el búho, el del gato que llora como un niño desconsolado, el de la zorra que rebusca en las sobras. ¿No echas de menos el ruido del autobús? Aquí es mejor no ponerse a imaginar, me decía, porque esto es como de película de terror, y se arrebujaba contra mí buscando protección. Menuda herencia que nos han dejado, Juli. Escuchaba su risa en la oscuridad y la mía que brotaba por contagio. La hubiera abrazado, pero hacía tiempo que había dejado de hacerlo, y cuando eso se pierde qué difícil es recuperarlo.

Por las mañanas, bajábamos a Ademuz a hacer nuestra compra y los recados de las mujeres. A mí el pueblo me parecía como la capital y me admiraba de que en la capital a mi Guillermina la conociera tanta gente. Me sorprendía que alguien tan despegado como ella se fuera parando a cada momento con unas y con otros y que hablara de nuestra casa, dando por hecho que todo el mundo sabía que la habíamos heredado, de la muerte de mi abuela, de la de mi tío, de cuándo habíamos llegado, para cuántos días veníamos, de cuándo nos iríamos, y de que si se me veía delgadica era porque yo era así, y de que si parecía calladica en realidad no lo era sino que me lo hacía. Es como si viera a mi madre en su pasado infantil, como si se reprodujeran las mismas escenas que ella a su vez tuvo con su madre, cuando bajaban a hacer la compra y los recados de las vecinas. Me preguntaban si no me aburría allí tan solica en el monte y yo decía que no con la cabeza, temerosa de que mi madre expusiera de nuevo su gran idea: bajarme por las mañanas al colegio de verano, que no era como un colegio, decía para que yo me enterara, que todas las niñas estaban deseando estar con otras niñas.

Todas las niñas quieren estar con otras niñas, me repetía a la vuelta en el coche, pero yo respiraba con alivio cuando enfilábamos el camino de tierra y volvía a mi corral, que ya era un patio, en el que seguramente el gato sin nombre nos había dejado una nueva presa como señal de afecto.

Por las tardes, mientras ella echaba la siesta, yo vagabundeaba con la condición de no salirme del vallecillo. Llevaba en la mochila un cuaderno para escribir las redacciones. También galletas y un tetrabrik de zumo. Solía aventurarme hasta la acequia que lindaba con la ladera del monte y allí meditaba, si es que el verbo meditar puede servirle a una criatura de once años; pensaba que hubo un tiempo en que yo también jugaba en el patio, en que era, por así decirlo, normal, de las que quieren estar con otras niñas. Era una niña con pasado, como si a mis once años el tiempo se hubiera multiplicado de tal forma que me hubiera permitido ser de una manera y su contraria.

Una tarde saqué el cuaderno y el boli para escribir la primera redacción escolar de todas las que la tutora me había mandado, no sé si especialmente a mí en particular o a todos los repetidores en general. Cómo eres tú, cómo es tu vida, era el tema. Me asomé al agua helada de una acequia y vi mi imagen reflejada, temblorosa por la corriente. Cómo soy yo, cómo es mi vida. Me preguntaba si ésa no sería la acequia en la que habían encontrado al niño muerto y calibraba su profundidad. Tocaba el agua que de puro fría me provocaba un dolor cortante y al mismo tiempo me proporcionaba paz, lo cual no era nuevo. No era nuevo. A veces me hacía pequeños cortes en los muslos con las tijeras de costura que heredé de mi abuela para ver brotar la sangre. En el último mes había empezado una frase que aún estaba por terminar. La primera palabra escrita en mi pierna derecha había sido NO, y ahora, cuando ya los cortes habían cicatrizado, metía la mano bajo las sábanas y pasaba mi dedo por la N, luego por la O, como si fuera ciega, una vez y otra, esperando a que esa palabra conjurara el peligro y no tuviera que hacerlo más. La pequeña hendidura de las cicatrices me calmaba y así lograba serenarme y conciliar el sueño. Si mi abuela hubiera vivido habría sido muy difícil ocultarle los cortes porque se solía sentar en el váter cuando yo me duchaba, pero resultaba sencillo engañar a mi madre, que se preguntaría por qué hacía tantos meses que no me veía desnuda. Además, yo la hacía sufrir. Me lo dijo gimiendo aquella vez en que al volver de trabajar entró en el baño y me sorprendió duchándome vestida. Me haces sufrir, eres sádica. Sádica, me dijo, y yo me quedé con la palabra aun sin entenderla. Los vaqueros, la sudadera, la ropa pegada a mi cuerpo chorreando agua. Al verla llorar entrecortadamente, apoyada en los baldosines, observándome como si fuera un monstruo, como si no me conociera y no entendiera la escena, sólo acerté a decir, «perdona, pensaba que hoy no volverías tan pronto». Una excusa que no era sino el reconocimiento de que aquello había sucedido más veces. Me ayudó a salir de la ducha, pero yo la aparté para deshacerme de la ropa mojada en la oscuridad del cuarto y ponerme el pijama. Entonces vino a buscarme, me sentó en el taburete del baño, como cuando era pequeña, y me secó el pelo, tratando de curarme de un mal que no entendía o prefería ignorar. Todos esos gestos tal vez eran de cariño pero evitaba que nuestras miradas se cruzaran por si podían

34

revelarnos un secreto. Murmuraba mientras me peinaba, tú sabes que esas rarezas me dan grima, ¿por qué me haces esto? Y yo no me atrevía a explicarle nada, no sabía qué palabras usar. Luego se echó conmigo en la cama, yo mirando hacia la pared, la niña sádica, dejando que me abrazara por la cintura. Hubiera deseado darme la vuelta y refugiarme en su pecho, pero no podía, estaba muerta de vergüenza.

Cómo soy yo, cómo es mi vida. Me observaba en el agua por si de mi reflejo agitado por las diminutas culebrillas de la corriente podía surgir alguna respuesta para aquellas dos preguntas a las que no sabía responder cuando, inexplicablemente, la imagen se emborronó y sentí la inquietud de una presencia.

—¿Tú crees que podrías ahogarte ahí?

La voz era la de una mujer, algo cascada, irónica, bien entonada; la voz de alguien que se burlaba de mí como si hubiera sido capaz de adivinar mi aprensión, la voz que respondía a un rostro algo aniñado que apareció junto al mío al quedarse el agua quieta y hacerse visibles unos ojos astutos y achinados, una sonrisa abierta, y la disposición evidente a asustarme por pura diversión. Volví la cara a la realidad, temerosa de que aquella imagen respondiera sólo a un desvarío, y la vi, de pie ahora, delante de mí, el pelo rubio y revuelto, el flequillo despeinado y el cuerpo poderoso. Iba vestida como si fuera una hippie caída del cielo, con un blusón floreado, los vaqueros gastados, las sandalias de cuero y el pecho grande y lechoso asomando por el entrelazado de un cordón muy abierto.

—¿Qué, crees que es posible?

—No sé de qué estás hablando.

—Claro que lo sabes. Aquí se inventan muchas cosas.

—¿Quiénes?

—Ellas, las vecinas, quiénes van a ser. Pero tú, de lo que oigas, créete lo mínimo. No hagas ni puto caso, te lo digo yo: ahí no podrías ahogarte, chica, salvo que alguien te hundiera por la fuerza la cabeza bajo el agua o que tú quisieras hundirte, pero eso son sólo aprensiones.

En aquel momento no me sorprendió que ella pudiera saber algo de mi miedo. Ocurre que cuando somos niños aceptamos con la mayor naturalidad que nuestro corazón sea de cristal para los adultos.

—Estabas tan distraída mirándote que no veías a alguien que lleva un buen rato observándote.

—Sí que te he visto, reflejada en el agua.

—No estaba hablando de mí. Mira. —Se agachó para que yo viera a quién se refería. Señalaba el follaje de juncos que había a la otra orilla de la acequia—. ¿Lo ves?

Me resultó difícil localizar al ser al que se refería, pero al fin distinguí, protegido bajo las eneas, la espesura de los hierbajos y los juncos, una bola rojiza del color de la tierra con rayas amarillas que le cruzaban el cuerpo. La papada se le hinchaba como latiendo y miraba atento a un punto fijo, tal vez a mí, con unos enormes ojos rojos.

—Es un sapo —dije.

—Dicen que es el demonio, que si lo tocas tendrás alucinaciones.

—No lo voy a tocar, me da asco.

—¡Asco, asco! Cómo te va a dar asco este santo varón, que se come los bichos. Con lavarte las manos para que no se te irriten los ojos tendrías más que suficiente.

—Pero es que no lo pienso tocar —dije, temiendo que aquella mujer desconocida pudiera poner entre mis manos aquella bola viscosa llena de verrugas.

—Eh, no vayas tan deprisa, amiga, que no te estoy obligando.

Solía darme vergüenza ser desconfiada con quien no debía serlo, y haber sido confianzuda con quien no se lo merecía.

—¿Tú vives aquí? —le pregunté.

—Pues claro, yo vivo... por aquí —dijo abriendo los brazos como para abarcar el monte.

—Pero ¿dónde?

—Por ahí arriba. —Me señaló una pequeña casa en la primera colina.

La mujer echó a andar y yo la seguí en su paseo. Llevaba una rama gruesa de árbol en la mano como haciendo las veces de garrota.

—Nunca te he visto.

—Ya. Es que yo no me relaciono, ¿entiendes lo que te quiero decir? Hay cosas mejores que hacer que andar escuchando supercherías.

—No sé lo que son supercherías.

—Pues, por ejemplo, para que te hagas una idea: lo que ellas cuentan lo son. Mira, ¿ves esas piedras en lo alto de la ladera formando una figura?

—Sí.

—¿Aún no te han dicho cómo la llaman?

—¿A quién?

—A esa mujer de piedra. ¿No ves la forma de las caderas? —me decía dibujando la silueta con su dedo índice—. Ahí, la cintura; ahí, las tetas. ¿La ves?

—No.

—Bah, da igual. La madre puta, la llaman la madre puta. ¿Sabes por qué?

Negué con la cabeza.

—Dicen que robó un niño porque ella no podía tenerlos, que se lo robó a su madre en un descuido y que lo secuestró.

—¿Eso sucedió hace poco?

—Hace la tira de años, pero ellas lo cuentan como si hubiera ocurrido ayer. Aquí se pierde la noción del tiempo. Como te equivoques una vez en tu vida, te han condenado para siempre.

—¿Y lo mató?

—¿Al niño? Pues hay versiones. Unas sostienen que lo ahogó en la acequia, y otras cuentan que lo dejó en el monte y lo criaron los lobos. ¿Qué versión te parece más probable?

—¿Y por qué esa mujer iba a querer matar al niño?

—Eso digo yo. ¿No sería más bien que la madre no estaba atenta y el crío vino andando hasta aquí y se cayó en el agua? ¿No será que para que el marido no la matara a golpes la madre le echó la culpa a otra?

—Yo no lo sé.

—¿Cuál es la versión que más te gusta?

—Gustarme, ninguna...

—¡Hija, por Dios, es una forma de hablar!

—Pues si tengo que elegir, igual prefiero que el niño se perdiera en el monte y lo criara una madre loba que lo encontró llorando.

—Eres lista. Lo sabía. En cuanto te vi llegar.

—¿Me viste llegar, a dónde?

—Al pueblo. Yo estoy al tanto de todo.

—¿Cómo te llamas?

—Me llamo Emma. Em-ma. Para decirlo bien tienes que llenarte la boca de emes.

—Yo me llamo Julieta.

—¿Por el libro?

—No... Por la película. A mi madre le gusta Leonardo DiCaprio. ¿La has visto?

—No.

—Pues al final ella muere. Perdona, no quería hacer *spoiler*.

—¿Cómo?

—Que te he chafado el final.

—Ah, no te preocupes, algo había oído. Mi nombre también es el de una heroína de novela.

—¿Y cómo acaba?

—Igual, muerta. Envenenándose también.

—Qué casualidad.

—Vaya, vaya, con Julieta... —Emma me estudiaba con curiosidad y guasa—. ¿Y estás sola todo el día?

—Casi sí. ¿Tú no te aburres sin hablar con ellas?

—Yo no me aburro nunca. Si lo piensas bien, el pueblo es diminuto y el monte es enorme. Y buscar al niño lobo es un gran pasatiempo.

La miré con extrañeza.

—Chica, que es broma. De lo que yo diga, tú créete la mitad —dijo riéndose, bastante orgullosa de su sentido del humor—. No, en serio, ya que la gente está dispuesta a creerse tantas sandeces, creamos que el niño lobo existe. Lo sacaron un día en la tele. Ya sabes, cuando en verano no tienen nada de lo que hablar echan mano del niño lobo, y siempre encuentran a un pastor que asegura haberlo visto.

—¿Y tú lo has visto?

—Mira, si hay alguien en este culo del mundo que puede ver al niño lobo soy yo —dijo, tan segura de sí misma que era imposible no creerla—. Lo he presentido, pero verlo, verlo, todavía no. Yo me conozco el monte como la palma de esta mano. Y dime, forastera, a qué dedicas el tiempo... Seguro que tu madre no te lleva a ningún sitio.

—¿A qué sitio?

—Pues coño, esto está lleno de sitios, no solamente se pasea para ver escaparates.

—Yo no paseo para ver escaparates —le dije, harta de su prepotencia.

Emma suavizó entonces el tono, se agachó hasta mí y me puso la mano en el hombro: el tacto era helado como el del agua y fría la piel en contraste con su presencia cálida y tan magnética, que me empujaba a seguirla atraída por sus promesas de aventura. ¿Para qué quieres vivir en un monte si no tienes curiosidad por conocerlo?, me preguntó. Y sin esperar respuesta, continuó hablando. No creas que nadie de por aquí te va a enseñar los tesoros de esta tierra, que defienden como suya. Digo yo que la tierra será de quien más la conoce, o como decía Machado: «Sólo la tierra en que te mueras será tuya», ¿o era «sólo la tierra en que se muere es nuestra»?

Yo me encogí de hombros.

—Pero ¿al menos sabrás quién es Machado?

—Sí, eso sí: Caminante, no hay camino —dije, no muy segura de acertar.

—Ja, ja, ja, qué maja eres.

Andaba con seguridad, marcando el paso con la rama del árbol, dos zancadas por delante de mí.

—Un día te llevaré a ver mis árboles.

—¿Son tuyos?

—¡Chica, es una forma de hablar! Los árboles son de quien los mira.

—Pues yo tengo unos árboles que sólo son míos.

—Enhorabuena. Me esforzaré en no mirarlos, no vaya a ser que me los apropie. A lo que iba, mis árboles, es un decir, tienen lo menos seis siglos cada uno.

—¿Y eso quién lo ha dicho?

—Eso lo dice el propio árbol. Y lo estudian los dendrocronólogos, que saben leer lo que dicen los árboles. Tú podrías ser una buena dendrocronóloga. De paso podrías saber cuántos años tienen tus árboles.

—Yo ya lo sé, los plantó mi tío Claudio. Tienen once, como yo.

—Entonces, mejor te llevo un día a ver los míos.

—¿Qué día?

—Así me gusta, decidida. Tú no eres de esas que dicen, a ver si nos vemos, que es una forma de no verse nunca.

La cita quedó en el aire, sin concretar, aunque antes de irse me prometiera que aparecería pronto para disipar mis supersticiones, mis pensamientos negros, dando por hecho que los tenía. Me hizo un gesto de despedida con la mano y la vi perderse por la primera ladera, sobre la cual parecía haber una casita o dos.

Aquella noche, en la tertulia, mi madre preguntó a las vecinas si conocían a la mujer rubia que yo me había encontrado y, al no tener una buena respuesta que darle, aseguraron que, aunque pareciera mentira, no había verano en que no apareciera una de esas locas del monte, forasteras que no temían al bosque porque no conocían su peligro, se adentraban temerarias sin saber y acababan perdiéndose, como era lógico. Más de una vez se acercaba por la aldea un equipo de rescate buscando a alguna de esas insensatas. También se acordaron de la rubia, como si sólo hubiera habido una en la aldea, aquella lianta a la que casi mata Virtudes en la puerta del horno. Virtudes se sonrojó. Era de ese tipo de gente que viene aquí sin respeto, explicaba Milagros a mi madre. Menuda locaria, se alquiló el pajar al otro lado de la ladera. Bajaba de vez en cuando dándose aires, siempre enseñando bien las tetas, con el blusón así abierto. Empezó a zascandilear por el horno, buscando conversación, cuando aún trabajaba allí el marido de la Virtudes. ¿Quieres conversación?, preguntaba Milagros, como si estuviera dirigiéndose a la rubia, ¡pues vente aquí con nosotras, mujer! Pero no, nosotras a ella no le interesábamos lo más mínimo.

—Bueno —interrumpió la propia Virtudes, levantándose y sacudiéndose los pantalones—, me vais a perdonar, pero esto no es un tema para una niña, esto no es un tema para nadie.

—Qué fuerte —dijo mi madre absorta en el vacío mientras soltaba el humo dibujando aros—, y parece que aquí no pasa nada.

—Ya, ya, fíate, aquí hay mucha tela que cortar —añadió Paquita, una de esas personas temerosas que tienen la habilidad de tirar de la lengua a las otras.

—No lo entiendo, ¿ella, la misma, sigue aquí? —pregunté yo, que jamás intervenía, tratando de explicarme algo que no me cuadraba.

—¿Aquí? No, no, para nada, aquí no se atrevería a volver. Anda por allá abajo, pero aquí no sube. Se fue porque estaba de más o porque la echó ésta, que de repente sacó el genio. No la vimos ni salir del valle.

Después de las palabras de Milagros se hizo el silencio. No pasó un ángel sino un murciélago que ensombreció por un instante el farol que nos iluminaba.

—Yo sí la vi —corrigió Encarna—, se fue de amanecida. Y la casa ahí sigue, dicen que tal cual. No se debió de llevar casi nada. En cuarenta años se la han debido de comer los bichos.

—En fin, de esto hace ya tanto tiempo —dijo Virtudes, de pie frente a nosotras, como una estatua bajo el farol, grave y pálida, queriendo dar por terminada la tertulia—. Todas éramos muy jóvenes, ¿verdad? Y éstos —dijo mirando a los hombres que andaban volviendo del final de la calle— también. Ya nada de aquello importa y yo me voy a la cama, que ésta es la hora en que empezamos a hablar de más, Milagros.

Se fue Virtudes, llevándose la silla colgada del brazo como si fuera un bolso, con los andares más lentos que de costumbre, cansada y dolida por la deriva de la conversación, porque las historias que nos atormentan nunca terminan de morirse y siempre hay alguien que siente placer en rescatarlas, aunque hieran, añadiendo detalles escabrosos, que tal vez ni siquiera sucedieron. Las imaginé a todas ellas jóvenes, las amigas de mi abuela, y pensé en cómo sería una vida en la que siempre te trataras con las mismas vecinas, atenta a la sola novedad que proporciona el forastero, la forastera rubia, que llega un buen día y sacude el avispero.

Mi madre me dijo, venga, Juli, vámonos a la cama, que mañana bajaremos a hacer los recados al pueblo. Dijimos adiós, cada una cargando también con las sillas de Pepsi que se habían repartido hacía años cuando cerraron el teleclub.

A mis espaldas, escuché a Milagros decir: «Anda que no era sinvergüenza la Inma». La Emma, corrigió Encarna. Bah, Inma, Emma, tanto da, lo importante son los hechos.

Dejamos atrás un rumor declinante de bostezos y suspiros. Más me valía no contarles que albergaba la ilusión de volver a encontrarme con la rubia, pensé. Sin duda, la vida parecía condenarme a guardar secretos.

En La Sabina había un sitio con cobertura. Un lugar concreto, al lado de la señal que anunciaba el principio del pueblo. A la caída de la tarde bajaban los vecinos a hablar con sus hijos y respetaban escrupulosamente el turno porque el lugar en sí no consistía más que en un metro cuadrado, tan pequeño como el interior de una cabina de teléfonos. Hubo quien probó a llevarse una silla, pero no, por alguna razón la cobertura era buena si se estaba de pie, como si uno se introdujera en una cabina invisible. A fuerza de pisar ese trozo de asfalto el suelo había cedido y ahora era una pequeña hondonada. En cuanto llovía, se formaba un charco, y había que hablar pisándolo, porque si te salías de él se perdía la conexión. Yo veía a los vecinos desde mi ventana, a alguna de aquellas mujeres solas, o a veces en pareja, hablando con los hijos, uno fuera de la cobertura y la otra dentro, a gritos, como habían acostumbrado a hacer siempre por el fijo. Con el sol inclemente de la mañana el punto de cobertura se frecuentaba poco, pero en cuanto comenzaba a atardecer volvía la rutina de pedirse la vez y esperar una cola formada siempre por los mismos.

Mi madre, al principio, iba de vez en cuando; yo estaba segura de que quería comprobar si tenía alguna llamada perdida. Pero poco a poco, según el mes avanzaba, se fue impacientando, sumiéndose en ese estado propio de ella en los últimos tiempos, una mezcla de ansiedad y abatimiento, que la apartaba del mundo y la alejaba de mí. Cuando llegaba al lugar de cobertura, se volvía hacia nuestra ventana, aprensiva, a ver si yo la miraba desde allí y yo me escondía para que no me viera espiarla. Aunque las dos supiéramos de sobra qué intenciones escondíamos tras ese empeño en vigilarnos mutuamente.

Al final me apuntó, como ella quería, al colegio de verano. No es un colegio-colegio, me decía mientras bajábamos al pueblo, más bien es un lugar donde puedes relacionarte y te hace mucha falta estar con otras chicas de tu edad. Escucha, no es sano que estés todo el día entre abuelas, o vagabundeando por ahí. Si vinimos aquí es porque quería que acabaras con tus rarezas. Pero tienes que colaborar. Me dijo tu tutora que estás yendo para atrás. Como siempre, parece que yo tengo la culpa. Y yo no sé lo que hacer, te lo juro, estoy tan superada. Dentro de poco te vendrá la regla, lo sabes, me dijo tratando de encontrar mi mirada, que yo esquivé de inmediato. No soy tan boba, me estás escuchando, como para creer que eso te hará madurar, pero ya no eres una niña. Mira, yo no soy una de esas madres que se andan por las ramas, yo te hablo claro: ponte las pilas y hazme la vida fácil.

Me entraron ganas de vomitar. Me entraron ganas de abrir la puerta del coche y arrojarme por la pendiente o de dar un volantazo y que nos despeñáramos las dos. Ella seguía hablando, irritada por mi silencio, y yo callaba, sabiendo que eso le sacaba de quicio, rumiando algo a lo que aún no sabía ponerle nombre.

Lo que para mis compañeros del colegio-no colegio era pura diversión para mí se trataba de una asignatura más difícil que todas aquellas que me habían quedado pendientes. Ellos se conocían del resto del año, y yo era la niña nueva de La Sabina, la forastera que venía de Valencia. Los primeros días, cuando se hacían equipos para los juegos del patio, siempre me pedían la última: no podían imaginar que yo era un hacha en todo lo que consistiera en correr, en balón prisionero, en el baloncesto, incluso al fútbol si me hubieran dejado. Pronto se dieron cuenta de mi destreza, aunque varias veces el monitor me retiró del campo porque compitiendo iba a muerte, no me controlaba, me llevaba por delante a quien fuera y despertaba asombro, pero también desconfianza.

Imagino que mis compañeros, sobre todo las niñas, ya habían oído hablar de mi madre en sus casas.

Del embarazo adolescente y todo aquello. Sabrían de sobra que yo no tenía padre. Mi madre solía decir que a veces es mejor no tenerlo y que si no la creía que echara un vistazo a mi alrededor. Pero yo miraba y no acertaba a saber a qué se refería. Mis compañeras observaban con curiosidad y recelo a aquella mujer que me esperaba a la salida, cada mediodía, fumándose un cigarro, apoyada en la puerta del coche, hablando a veces por teléfono en un tono muy bajo y en cuclillas para concentrarse mejor en esa conversación que era sin duda secreta. Era para ellas esa mujer con pinta de chica, de hermana, nunca de madre, tan poco parecida a las suyas, tan rara entre las madres como yo entre las niñas: la melena lisa y larga, con un flequillo que casi le entraba en los ojos, el cuerpo delgado de huesos grandes, adoptando posturas y gestos demasiado juveniles aún, poco acordes con aquella ley de vida por la cual una mujer que se había casado y era madre, tuviera la edad que tuviera, dejaba que su sensualidad se apagara como si se tratase de un compromiso con su nueva condición, en la que el vibrante periodo de la conquista había concluido para siempre.

Por las tardes, las niñas se seguían viendo en la plaza, pero yo regresaba a la aldea con mi madre. Alguna vez recibía una insinuación tímida del grupo para que volviera por la tarde a escuchar música y tomar un refresco en el Raval, pero me daba miedo exponerme, me retraía por no estar segura de saber participar en los juegos de confidencias y secretos a los que con tanto arte se entregaban las niñas. Muchas veces he pensado que tal vez si me hubiera atrevido, si no hubiera sido por la impaciencia con la que mi madre deseaba que me despegara de ella, si hubiera tomado la decisión que realmente yo deseaba, quedarme con ellas sin el temor permanente a sentirme ajena, es posible que todo hubiera tomado un camino distinto. Pero estaba demasiado asustada. Dice Emma que el miedo nos hace estar alerta contra un ataque, pero también alarmados ante una caricia. A un animal asustado le ocurre lo mismo.

Era frecuente ver a Leonardo hablando por el móvil en mitad del camino, sentado en una piedra, concentrado en lo que alguien le decía. El primer día que lo vimos, mi madre frenó, tocó el claxon y él pegó un brinco, como si le hubiera sacado de una realidad en la que andaba muy profundamente sumergido. Mi madre le preguntó si quería que le acercáramos a la aldea porque estábamos como a dos kilómetros en cuesta. Nos dijo que no con una sonrisa, haciendo un gesto con la mano, sin pronunciar palabra. Y como se repetía a menudo el encuentro, mi madre murmuraba cada vez que pasábamos por aquella curva y lo observábamos concentrado, escuchando más que hablando, qué raro, con quién hablará éste, porque al punto de cobertura se acerca luego para hablar con su hija.

Leonardo era el marido de Virtudes, un hombre bajo y fuerte, con esa sonrisa afable y melancólica que tienen los hombres de fiar. Era uno de los que se paseaban con las manos cruzadas en la espalda mientras las mujeres repasaban por las noches las noticias del presente y las deudas del pasado. No era hablador, pero cuando mi madre le pedía ayuda para algún percance en nuestra casa tan vieja siempre estaba dispuesto a ayudarnos. Leonardo había sido panadero, como su padre, como su abuelo, descendiente de una dinastía de amasadores que igual contaba dos siglos, decía con orgullo. Servía a las otras aldeas y a los pueblos del valle, hasta que el humilde negocio dejó de ser rentable, y entonces cerró el horno y se dedicó a la huerta y a los manzanos. A mariposear, decía, porque la tierra tampoco da nada. Pero para qué levantarse a las cuatro de la mañana cuando el público ha perdido el gusto por las cosas buenas y compra pan hueco en el supermercado. Lo echaba de menos. Era el lugar donde cualquier hombre querría trabajar en invierno, el oficio más limpio, el que mejores olores produce. Un día nos enseñó el viejo horno de leña, una cueva donde los perros y los niños hubieran querido refugiarse, y todo estaba intacto, reluciente, dispuesto para volver a abrirse algún día si la historia daba un vuelco, los nietos se hartaban de la ciudad, volvían al campo

51

y necesitaban de nuevo de los oficios. La electricidad llegó tarde para mí, decía Leonardo, pero el pan de leña era incomparable. Ahora sólo ponía en marcha el horno por Navidad, y las vecinas de aquí o de más allá, las que le habían sido infieles aficionándose al pan falso, venían a asar el cordero, a comprar las madalenas, el bizcocho, celebraban las benditas regañadas, el pan dormido, que de nuevo, con la pala de madera, extraía del interior ardiente, como aquellas barras grandes, crujientes por fuera y blandas por dentro, que un panadero apreciaba más al día siguiente, cuando el pan se había asentado y la miga se espesaba.

Mi madre recordaba a Leonardo de cuando era niña como un hombre guapetón, decía esa palabra, pero a mí me costaba imaginar a ese hombre que renqueaba un poco al andar, que se paseaba a la caída de la tarde por la carretera con Virtudes del brazo, como alguien de quien poder enamorarse. En realidad, yo no me imaginaba el tiempo de noviazgo de ninguna de aquellas mujeres, es cierto que tampoco fantasear sobre el amor me agradaba; la idea del amor que suponía besarse con lengua, tocarse las partes y jadear me producía repugnancia. Pero Leonardo como abuelo me gustaba. Era tal vez el único hombre en la tierra que deseaba tener cerca, era el hombre que me reconciliaba con los hombres.

Estaba claro que mi madre encontraba muy extraño que Leonardo bajara tan a menudo a dos kilómetros de la aldea a hablar con no se sabe quién, porque desde el segundo día en que lo vimos alejado de la aldea, sentado a la puerta de una barraca, me advirtió que de aquello nosotras no íbamos a decir nada. Y yo asentí. En mi vida se iban sumando asuntos de los que era mejor callar: nada de mis encuentros con la mujer rubia, nada de nuestros encuentros con Leonardo, nada tampoco de nuestra vida en Valencia. Nunca se me ocurrió comentarle a mi madre la inexplicable relación que mi mente había establecido entre los dos, aunque Emma fuera una mujer joven y Leonardo, un viejo.

Emma solía aparecer de pronto, sin que pudiera escuchar unos pasos que la delataran, y siempre cuando yo estaba sola. Como aquella tarde en el lavadero, al que por la mañana temprano aún acudían mujeres a meter en agua colchas o sábanas, con el convencimiento de que esa agua helada y los golpes del jabón casero sacaban mejor los olores retestinados del invierno. Por la tarde, a la hora de esa siesta que yo jamás dormía, el lavadero estaba solitario y fresco, parecía un templete con su techado de barro y paja a dos aguas. Mi gato, que ya era mío, dormitaba en un rincón y en otro me sentaba yo con el cuaderno de redacción tratando de poner en palabras, sin lograrlo, cómo era yo, cómo era mi vida, porque hacía tiempo que mi mente se dividía en dos, o en tres, y aunque disimulaba para tratar de no llamar la atención, era como si mi yo verdadero se hubiera perdido y no supiera cómo recuperarlo. Pero allí, en la aldea, viviendo en un tiempo eterno de los últimos días de mi niñez, o ése era mi anhelo imperioso, fantaseaba con que no pasaran los días y ya no saliéramos jamás de allí.

La voz de Emma, siempre bromista y desconcertante, sonó desde algún lugar que no lograba localizar, escuché sus palabras a mis espaldas, pero detrás de mí no había más que la pared de piedra. De pronto, la tuve a mi lado, como una aparecida, sin que hubieran sido visibles los pasos que la trajeron hasta mí.

—Te lo dije, ha pasado casi un mes y aún no has estado en el monte.

—No me deja mi madre.

—Pues para eso estoy yo.

Llevaba el mismo blusón abierto en el escote y unas gafas redondas de sol sobre su nariz pequeña que le hacían parecer una extranjera.

—¿A qué vienes por aquí?, ¿a quién estás buscando? —me atreví a preguntarle.

—Tú tiras con bala, ¿eh?

—Es que hay cosas que no entiendo.

—¿Qué no entiendes? Dime qué cosas no entiendes.

—¿Por qué quieres estar dando vueltas por aquí, si no te hablas con nadie?

—Tampoco es que tú hables mucho... ¿Por qué quieres estar tú? —me preguntó desafiante.

—Porque me gusta y ellas también me gustan.

—Mira, en una cosa nos parecemos y en la otra no.

—¿Conoces a Leonardo?

—Tú tiras con bala, chica.

—¿Eres la rubia de la que ellas hablan?

—¿La rubia es la puta de la que hablan? —dijo, dándome la espalda como para irse.

La palabra puta me hizo temblar, pensé que podía enfurecerse y hundirme la cabeza en el lavadero. Pero cuando se volvió hacia mí, la sonrisa había vuelto a aparecer en su rostro. Mi temor se fue transformando, como la primera vez, en la fascinación que sentía por ella. Metió la mano en el agua, se refrescó la cara y me lanzó gotillas con los dedos.

—Si las oyes hablar de una rubia, igual sí, igual soy yo.

—Pues... no lo entiendo.

—Ay, mira... Hay cosas que se entienden con el tiempo. —Se agachó para tocarme la cara con la mano húmeda y me guiñó un ojo—. Te puedo enseñar un lugar al que ninguna de éstas te llevaría.

—¿Está lejos?

—¿Y eso qué importa? Tenemos la tarde por delante.

—Le tendría que pedir permiso a mi madre.

—No tienes por qué. Yo te traigo de vuelta. ¿No dirás que me tienes miedo? Ellas te han metido miedo.

Me avergonzaba el miedo, pero más miedo todavía me daba no tenerlo y someterme a su capricho. No sería la primera vez que una voluntad que no parecía pertenecerme me había llevado a un lugar del que no sabía regresar. Tal vez era una tendencia heredada de mi madre. Pero aunque temía perderme y no retomar el camino de vuelta, aun sabiendo que no podría contárselo a mi madre y debería ocultarlo para no ponernos a las vecinas en contra, a pesar de que no entendía que aquella mujer joven anduviera por la aldea rondando a un viejo, mi deseo de aventura fue más poderoso y me puse en marcha.

Emma me señalaba con su bastón de pastora el lugar que quería mostrarme, un lugar que no parecía lejos ni cerca tampoco, como bien sé ahora que suele ocurrir en el monte, donde nuestra vista no sabe calibrar la distancia real sino que se guía por el deseo de alcanzar una meta. Qué difícil es describir un camino que se recorre por vez primera. Yo la seguía a varios pasos de distancia y su andar firme de mujer robusta incrementaba a cada momento mi seguridad. A qué tener miedo. Métete los pantalones por dentro de los calcetines para que no te piquen, me avisaba. ¿Los mosquitos?, le preguntaba. O las zarzas, respondía. O una avispa. O un alacrán. O que te muerda una culebra antes de que la pises. ¿Oyes eso? ¿Eso, qué es eso? Ese canto. Alguien debería enseñarte a distinguir una alondra de un tordo, una urraca de un cuervo. ¿Sabes que los cuervos cantan? Dicen éstas que... ¿Quiénes son éstas? Éstas son las mujeres, como deberías suponer, dicen éstas que cuando canta el cuervo es porque anuncia una muerte. Y cómo no la va a anunciar, mi querida Julieta, si esto está lleno de viejos. Lo raro sería que el cuervo no cantara. El día en que el cuervo se calle será, si es que creyéramos en semejante tontería, porque todos han muerto. Aunque tú no puedes imaginarte lo que duran aquí. ¿Quiénes?, preguntaba yo, y ella me contestaba falsamente irritada, pues estas personas.

Más tarde sabría que sus preguntas eran el anzuelo para que yo respondiera, para ganarse una aliada. ¿Quiénes, quiénes? ¿Quiénes van a ser? Ellas, ellos, los viejos. Esto es pura ciencia: el que ha conseguido en este lugar pasar de los setenta es porque va a vivir lo menos cien años. Son rocosos, no hay bacteria que pueda con ellos, ¿entiendes lo que te digo?

—Sí.

—Pues dilo, no me hagas parecer una loca que habla sola. A ellas no les ha mordido una alimaña en su vida porque no pisan el monte. Están en contra del monte. ¿Pero sabes lo que te digo? Que se queden ellas con su civilización... Por algo él me llamaba... Oye, chica, ¿sabes cómo me llamaba él? Me llamaba «mi pequeña salvaje».

—¿Él?, ¿quién es él?

—¿Que quién es él? Tú tiras a dar, chavala. Sabes más de lo que dices, pero quieres que sea yo quien pronuncie su nombre. Mi pequeña salvaje me llamaba, ¡y me llegaba por aquí! —me decía sonriendo y señalándose la altura del hombro—. Yo no tengo miedo a los bichos, están acostumbrados a verme pasar. Sé que una garduña me observa, agazapada en un tronco, que me reconoce y, si la miro, esconde la cabeza. ¿Y sabes por qué?

—¿Por qué?

—¿Por qué va a ser? ¡Por respeto! Los animales guardan la distancia por respeto. ¿Es que no oyes por todas partes un bulle bulle, no sientes los crujidos que nos rodean a nuestro paso? Cuando vengas más veces los distinguirás, se te irá afinando el oído. Hay muchos seres mirándonos en este momento. Hasta puede que el niño lobo esté espiándonos. No ese supuesto niño lobo que aparece cada tanto en la carretera de un pueblo como un jabalí buscando comida. A esas pobres criaturas los llamaban niños lobos, hombres lobos, porque habían nacido con un vello que les cubría todo el cuerpo, o sea, con hipertricosis. Por fortuna, ya no los llevan a los circos. En mi humilde opinión, el niño lobo de esta sierra debe de ser ya un viejo centenario. ¿Tú qué piensas?

—Yo de eso no pienso nada.

—Creció en lo salvaje porque una joven que lo había parido en secreto lo abandonó en el bosque con la esperanza de que pronto se muriera de frío, pero resultó que una zorra lo encontró, lo lamió para lavarlo y lo tomó entre los dientes sin hacerle daño. Se lo llevó junto a su manada. Cuarenta y ocho dientes, imagínate el impacto de la mordida si hubiera querido hacerle daño: ¡para haberle arrancado la cabeza de un bocado! También te digo, si la zorra se lo hubiera comido habría estado en su derecho, es una ley natural, pero quiso la fortuna que esa hembra estuviera criando, y esa circunstancia le hizo tener piedad de aquella criatura indefensa como sólo es en la naturaleza un cachorro humano. Lo amamantó como a una cría más. En resumen, que aquel bebé abandonado por una madre humana, por no sabemos qué circunstancias de la vida, porque no me gusta juzgar a nadie como otras hacen conmigo, sobrevivió gracias al instinto protector de una hembra del bosque.

—¿Sería entonces en verdad el niño zorro? —la corregí.

—¿Zorro, lobo, de verdad ése es el detalle más importante de este cuento? Porque es un cuento, chica, una fábula de la que extraer una enseñanza. Los cuentos están llenos de niños perdidos en el bosque, que abandona la madre para librarse de ellos. Bien para quitarse bocas a las que alimentar, o bien por celos, porque no pueden soportar que el padre quiera a las criaturas o porque compiten en belleza. La madre, te aviso, no una madrastra como suele contarse para que los niños podáis conciliar el sueño.

A estas alturas de la caminata habíamos perdido de vista la carretera sin asfaltar y estábamos inmersas en el bosque. Si había más carreteras uniendo los pueblos de la comarca quedaban ocultas por la espesura. El sol declinante hería los ojos y yo andaba mirando al suelo, siguiendo las zancadas de ella, siendo cada vez más consciente de que en ese momento aquella mujer era la única persona en el mundo a la que podía aferrarme si me ocurría algo. Como el cachorro humano a la zorra. En su habilidad por desaparecer y aparecer en un lugar inesperado, su voz de pronto sonó desde lo alto, aguda como la de los niños que juegan a ocultarse y te dan pistas para que los encuentres.

—Oye, chavala, ¿qué te parece?

Alcé la mirada y vi su cara aparecer por entre las ramas trenzadas de un árbol inmenso. Me apoyé en el tronco para mirarla, un tronco que parecía la piel embarrada de un elefante, con capas y grietas que respiraban bajo la palma de mis manos. El último foco del sol le iluminaba el pelo rubio y le hubiera concedido un aspecto angelical de no ser porque su sonrisa no era tierna, sino desafiante, pícara. Bajó de un brinco y se plantó ante el árbol para admirar a mi lado su envergadura.

—¿Sabes cuántos siglos tiene este bicharraco? —dijo, golpeándolo con fuerza como si fuera verdaderamente un paquidermo que disfrutara de su caricia ruda—. Lo menos cinco siglos.

—¿Y tú cómo lo sabes? —pregunté.

—Ah, porque yo he leído mucho —me contestó zanjando la cuestión—. Ven.

Por primera vez me tendió su mano de mujer fuerte.

Sabinas, eran sabinas, había veinte, tal vez más. El suelo se despejaba como para dejar espacio entre una y otra y ofrecían un asombroso aspecto de manada.

—Es que son una manada —dijo Emma—, aunque parecen fósiles se comunican por debajo de la tierra.

Poniéndome sus manos sobre los ojos me condujo hasta la que dijo que era la suya.

—Ésta es la mía, sí, me la he ganado.

Anduve a ciegas, guiada por ella, unos diez pasos, y entonces anunció, tachán: tuve ante mí el árbol más extraño que jamás haya visto; el enorme tronco se vencía por completo hacia el suelo, como si un huracán sobrenatural lo hubiera doblado y él hubiera logrado aferrarse a la tierra. Una larga melena de ramas y hojas se arrastraba por el suelo, y ahora que el sol se había ocultado tras la montaña y la luz azulada perfilaba los contornos con una línea clara de dibujante, el árbol parecía el rostro de una giganta a la que el viento estuviera echando sin tregua la melena hacia atrás.

Nos metimos bajo la nuca de la sabina y allí, sentadas, Emma fantaseó con que si quisiéramos aquélla podría ser nuestra casa: después de ocho siglos, tú me dirás qué rayo puede partirla. Viviríamos como los lirones, a costa de atesorar frutos del bosque en verano, agazapadas en nuestro refugio de madera en el duro invierno.

—Jugando al escondite en el bosque anocheció —comenzó a cantar Emma—. Jugando al escondite en el bosque anocheció.

Y seguimos las dos:

—El cuco, cantando, el miedo nos quitó, el cuco cantando el miedo nos quitó.

El cucú con el que termina la canción se quedó flotando en nuestra cueva y pasó un buen rato sin que intercambiáramos palabra, absorta yo en la fantasía de todos los niños, la de vivir como un animal del bosque en una cabaña natural.

El olor del aire cambió de pronto y vimos varias gotas gordas romper contra el suelo. Asomé la cabeza y comprobé desconcertada que el cielo se estaba cerrando. Tal vez no había pasado demasiado tiempo, puede que el sol llevara anunciándonos desde que llegamos que la tarde estaba cayendo. Pero olía a tormenta. Todos los aromas del bosque aumentaron su intensidad.

—Podemos esperar aquí a que escampe —propuso Emma—, es lo más sensato.

Y yo le dije que no, que no, que tenía que volver a mi casa ya, que mi madre debía de llevar tiempo esperándome, que se volvería loca si veía que empezaba a llover y yo no volvía. Salió entonces del interior del árbol que parecía que se nos había tragado y echó a andar resuelta por donde supuestamente habíamos llegado, porque yo no distinguía ya el camino, el bosque se había convertido en el del cuento. Las sabinas movían sus pequeñas hojas y hacían un ruido como de culebrilla sobre nosotras. Andábamos rápido, yo casi corría para alcanzarla porque sus zancadas eran largas, y aunque se me escapaban sollozos procuraba pensar que el camino de vuelta siempre es más corto que el de ida.

Los nubarrones cerraron el cielo dando lugar a una noche prematura y comenzó a llover con furia. Salimos por fin a la carretera y la tierra tembló de pronto con un trueno. Sin poder evitarlo me abracé a su cintura y entonces ella, con una fuerza insólita, me alzó sobre su hombro, como si fuera una pastora de un belén con un cordero a cuestas. Echó a correr hasta la pequeña cima del camino donde estaba la barraca de piedra que veíamos todas las tardes de vuelta a casa. Allí me metió y me dejó caer a plomo al suelo. Viéndome temblar, tomó una manta que había sobre la leña de un rincón, la sacudió con fuerza llenando el espacio de polvo y hierbajos y me la echó sobre los hombros. Pero yo no temblaba de frío sino de miedo. Me culpaba de nuevo por mi inocencia, por mi insensatez. Estaba a merced de una mujer a la que todavía no conocía mi madre, me daba cuenta ahora de que seguramente llevaba todo un mes acechándome, aprovechando los momentos en los que yo estaba sola para seducirme y llevarme a su terreno, que no llegaba a comprender cuál era. Se comportaba como una forajida y tal vez había decidido tomarme como su rehén. Puede que me tuviera secuestrada y yo aún no me hubiera dado cuenta.

Se acomodó frente a mí, cada una sentada a un lado de la entrada, contemplando el chaparrón que de lo violento que era levantaba el polvo de la tierra y parecía que no iba a acabar nunca.

—Bueno, qué —me dijo en tono de reproche—, tampoco es para tanto: se espera un rato y en cuanto escampe salimos. Pero ahora no, que te puede partir un rayo.

Yo no la miraba. Rumiaba en silencio mi culpa, mi culpa de nuevo, la vergüenza por estar a merced de cualquiera.

—Y te digo una cosa y a lo mejor no me crees —dijo repasando con la mirada el pequeño refugio de piedra en el que estábamos—: en esta barraca he pasado yo los mejores momentos de mi vida.

—No sé por qué te hice caso —me lamenté, llorando ya abiertamente.

—Mira, lo siento, pero yo no sé qué hacer cuando los niños lloran. En el instituto los mandaba a dirección porque... yo nunca he sabido cómo consolarlos. Me supera, y esto me pasa por perder el tiempo contigo enseñándote algo que merece la pena en este puto pueblo...

—¡Yo no quiero aprender nada! ¡No quiero saber más de lo que sé!

Se levantó y salió de la barraca. La lluvia comenzó entonces a ser escasa y el cielo se abrió tímidamente, porque ya entraba la noche. Saqué la cabeza del hueco que hacía las veces de puerta y en lugar de verla a ella me encontré por sorpresa a

Leonardo, que se agachó ante mí tendiéndome la mano con cuidado, como haría con un animal asustado. La manta con la que me había cubierto Emma quedó en el suelo y el anciano se quitó el chubasquero y me lo puso sobre los hombros de tal manera que me llegaba casi hasta los pies. Me tendió la mano, me habló tiernamente, bonica, qué se te ha perdido a ti en el monte y en plena tormenta. No pude decir nada. Dejé que mi mano se perdiera dentro de la suya. Sentí que me abrigaba el alma ese contacto con su palma seca y áspera, y así, respirando la humedad del campo, caminando casi a oscuras ya, sollozando de vez en cuando para ensayar el arrepentimiento que había de mostrar ante mi madre, llegamos a La Sabina.

Junto al cartel que anunciaba la entrada, en la pequeña hondonada que el peso de los vecinos había provocado en el asfalto, se divisaban las figuras de cinco mujeres, Milagros, Virtudes, Paquita, Encarna y mi madre. Se quedaron las cinco mirándonos, viendo cómo íbamos subiendo el último tramo del camino: el hombre ancho, fornido, con ese vaivén tan característico al andar, llevando de la mano a una figurilla diminuta, de la que sólo asomaban la cabeza y las piernas flacas por ir toda cubierta con un chubasquero enorme.

Ya la tienes aquí, mujer, ¿no ves, tonta, como él la encontraría?, le estaba diciendo Virtudes cuando ya nos paramos frente a ellas. Yo miraba al suelo. Esperaba que un tortazo me cruzara la cara, pero no sucedió. La escuché murmurar, la mato, hoy la mato. Y entonces dio un sonoro puñetazo a la señal que sonó como un gong amplificado por las laderas de las montañas, y levantó el grito de todas ellas ahogado enseguida por los sonidos precisos del campo tras la tormenta. Allí se quedó el nombre de la aldea abollado. A mi madre se le rompió el dedo corazón.

Para las fiestas de agosto llegó Virtuditas. La Virtuditas a la que acarreaba en brazos hasta las hierbas altas cuando a los siete años estuve en la aldea. La Virtuditas rechoncha que me llamaba la Juli y me venía a buscar cada mañana dando patadas a la puerta para hacerse notar.

Aunque ya tenía nueve años, Virtudes y Leonardo seguían dejándola a mi cuidado. Mi madre, que me enseñaba su mano escayolada como señal de advertencia, no se fiaba de mi capacidad para vigilarla. Virtuditas era fuerte, compacta, achaparrada, parecida a su abuelo en la envergadura y la sonrisa. Tenía un parche corrector en un cristal de las gafas y brackets en los dientes. A veces se quitaba el parche para enseñarme cómo la pupila poco a poco, mira, mira, mira, se le iba torciendo hacia dentro. Virtuditas había decidido ser amiga mía desde que sus abuelos le dijeron que no había dónde elegir. Yo era su única opción. Me hacía estar siempre alerta porque era una niña temeraria y caprichosa, agarraba a los gatos por la cola, al mío incluido, se metía en las zarzas para coger moras y trepaba por las paredes de piedra. Quería convencerme de que podíamos utilizar el pilón de lavar como piscina y como yo era reticente una tarde se tiró en bomba. Tuve que ayudarla a salir porque el frío del agua la dejó paralizada y a consecuencia del chapuzón Virtuditas se pasó un día febril en la cama. A costa de sus fechorías mi prestigio subió muchos puntos entre las vecinas. Ella era mullida y yo un saco de huesos; ella valiente y yo cobarde; ella descarada y yo prudente.

Cada mañana nos bajaba Leonardo a la escuela de verano. Dos veces me pegué por ella. Una porque la llamaron bizca y la otra porque le dijeron que su abuelo era el Chaparro. Yo no sabía lo que significaba chaparro, pero como se lo gritó un niño después de que ella lo matara con el balón, di por seguro que era un insulto. Leonardo me dijo a la vuelta que no era menester que me pegara por ella, que ni por ella ni por nadie, que con las manos no se arregla nada en esta vida y que, además, él era el Chaparro, así, con mayúscula, y no se sentía ofendido ni lo tomaba como un insulto, al contrario, el mote le recordaba que era hijo de su padre. Diferente hubiera sido que le hubiera tocado en suerte ser el tonto o el pedorro, pero él llevaba muy bien ser ancho y bajo como un chaparro.

La cuestión es que Virtuditas era una insensata, una chulilla, y como además tenía quien sacara la cara por ella, estaba crecida y en dos días se hizo muy popular. A pesar de ser macarra, o a lo mejor por eso, los chavales la admiraban, porque Virtuditas era chula pero sociable, al contrario que yo, que siempre provocaba prevención y se me tenía por antipática.

El monitor, José Andrés, me giraba a veces los hombros hacia atrás, porque iba como encorvada, y me decía, relájate, Julieta, que estamos jugando. Ya competirás en serio durante el curso, que tú puedes, y me intentaba acariciar la cabeza para que no tomara sus palabras como una reprimenda, pero yo con una sonrisa tensa le apartaba la mano. Sé que un día le dijo a mi madre que yo era leal como un perro y desconfiada como un gato. Mi madre apagó el cigarro y le dijo, así es, sin darle mucha más oportunidad de continuar la conversación. Pero José Andrés, que me tenía aprecio no sé muy bien por qué, tal vez porque de natural se lo tenía a los niños, no dio por terminada la charla, se apoyó en la ventanilla del coche cuando ella ya estaba al volante, y le dijo: hay que estar atentos, ser leal y desconfiada a un tiempo es como mezclar dos naturalezas y una de ellas, tal vez no la mejor, se puede apoderar de la otra. Si quieres saber mi opinión, añadió, habría que potenciar aquella que la hace sentir mejor o saber de dónde proviene su desconfianza hacia cualquiera que se le acerque.

—Pensaré en lo que dices —le respondió mi madre—, aunque no esperaba que en un campamento de verano también me iban a dar la charla.

—¿Es que te la dieron en el colegio? —preguntó él.

Mi madre salió del coche.

—Oye, sin dobleces te lo pregunto: ¿es que quieres que mi hija se entere de lo que me dices?

No pude escuchar lo que él le contestó, pero la llegada de las fiestas de la Virgen de Agosto hizo que el colegio de verano se interrumpiera y ya sólo viéramos a José Andrés si es que nos lo cruzábamos al ir de compras al pueblo. Tras las fiestas mi madre dejó de llevarme a aquellas actividades veraniegas. Pero no eché de menos bajar a la capital, que era como llamábamos al pueblo, a mí me bastaba con la rutina simplona de la aldea, el vagar por las tres calles, el ir a la hora de la siesta a la fuente, sentarme en el suelo fresco del lavadero con esas tareas escolares que no conseguía comenzar y que ahora eran constantemente interrumpidas por Virtuditas, a la que sus abuelos adoraban tanto como hartos estaban de su presencia porque cada día con ella era un desafío. Por las tardes bajaban al punto de cobertura para que Virtu hablara con sus padres y cada tarde les preguntaban como de pasada qué día vendrían a por la niña. Emma diría que cuando los padres han decidido librarse de una hija como ésa se las apañan para no sentirse afectados por la presión de los abuelos.

Mi madre esperaba a que no hubiera nadie para acercarse hasta el punto de cobertura. Aguardaba a que anocheciera y yo veía, desde mi ventana, cómo todo su cuerpo delataba la impaciencia, la angustia, la desesperanza. Al igual que hay niños que sueñan con que se queme el colegio yo fantaseaba con que algo nos impidiera volver a Valencia a finales de agosto. Esa fantasía se acrecentó cuando mi madre les rogó a Virtudes y Leonardo que se quedaran conmigo unos días. Eran asuntos de trabajo, dijo. Ellos lo comprendieron. Yo no la creí. Pero tras la tensión que me provocó su marcha comencé a sentir poco a poco un alivio desconocido. Entré con mi mochila en la casa de Virtudes y me instalé en la habitación de la nieta. Dos bragas, dos camisetas, dos libros, mi walkman, el CD de Britney, mi cepillo de dientes, la llave grande de la casa en la cremallera interior. Entre los sueños prohibidos que alimentaba sin poder confesar a nadie estaba el de que mi madre no volviera. Se puede querer y temer a un tiempo, querer mejor en el recuerdo, mejor en la distancia, querer sin que tu vida dependa de la persona a la que perteneces.

Desde el primer día ya sentí que había un lugar para mí en esa nueva casa. Comía, aunque hacía tiempo que me costaba delante de desconocidos, que llevarme la cuchara a la boca o masticar me causaba una insoportable vergüenza, pero en la mesa de Virtudes no rechistaba jamás para que no se rompiera el hechizo, ocultaba mi manía y masticaba con la cabeza gacha lo que hubiera en el plato, fuera verde o tuviera tocino. Leonardo nos enseñó a jugar al guiñote y por las tardes, esas tardes que en mi memoria se me antojan como muchas, jugábamos los cuatro y las niñas descubrimos el placer de cantar las veinte y las cuarenta. Virtuditas hacía pareja con su abuela y yo con Leonardo. Si no ganaba, Virtuditas tiraba las cartas al suelo y luego se tiraba ella, nos acusaba de hacer trampas y entonces el juego se daba por terminado. Por la noche, después de la cena, salíamos a la calle con las sillas. Había ya unas lucecillas que anunciaban la romería del Molino de las Navajas para la que vendría, como siempre, gente de todo el Rincón. Yo celebraba la felicidad de no ir a sitio alguno. No me gustaba viajar, ni tan siquiera subir o bajar a la «capital», no quería moverme ni crecer, no quería volver a mi barrio ni a mi vida de allí.

Sobre el aparador había una foto de Virtudes cuando era joven. Al ver su cara redonda y dulce, el cuerpo menudo y bien formado, traté de imaginar, borrando todas las capas del tiempo, a aquella chica que en su juventud fue. La foto de boda estaba colgada en la pared, los dos tan tiesos, envarados y pequeños como si fueran los novios de la tarta nupcial sobre un caballete, dispuesta como en un altarcillo con unas flores de plástico, se veía a Virtudes, madre en su plenitud, sonriente, con un crío que murió a los siete años, Leo, miniatura perfecta del padre. El álbum familiar se completaba con la madre de Virtuditas de primera comunión: Virtudes y Leonardo, vestidos para la ocasión, perdido en los dos el brillo de la juventud, patente en sus miradas el aire melancólico que yo les conocí.

El día de la romería despedimos a Leonardo y a la nieta a las seis de la mañana en la fuente del lavadero, donde ya se amontonaban los vecinos. Yo sentía la excitación de quedarme, de ser la que decía adiós, y me volví para casa con Virtudes, que se daba un aire a mi abuela Esmeralda, pero era mucho mejor porque su carácter, aunque reservado, no tenía asomo de resentimiento o amargura. Con esa paciencia que practicaban con nosotras, sin forzar aquello que pudiera provocarnos miedo o vergüenza, me libraron de la excursión.

Yo seguía a Virtudes por toda la casa, observando sus habilidades para hacer las cosas con primor, ayudándola cuando ella me lo pedía. Si te aburres, sal o juega o ponte los dibujos, me decía. Pero yo disfrutaba de esa intimidad de las dos. Refrenaba a veces mis deseos de abrazarla, de aferrarme a su bata floreada. Tras la comida nos sentamos a ver la novela y Virtudes tomó la labor de su caja de galletas. Me fui acercando despacio, como hacía el gato, hasta que estuve a su lado maravillándome por la velocidad con que metía y sacaba la aguja, contaba los puntos, estiraba de vez en cuando su obra para ver el resultado. Esto es para una colcha, me dijo, no sé para quién porque mi hija ya esto no lo quiere, al parecer esto no se lleva. Hablaba más para ella que para mí, como si estuviera acostumbrada a expresar sus pensamientos en soledad y no esperara que nadie le diera una respuesta. Miraba la tele cada cierto tiempo, sin apartar demasiado rato la vista de la labor. Cuando se paraba para encajarse las gafas que se le habían resbalado por la nariz abría la boca y enseñaba una dentadura perfecta, postiza, como la de Leonardo, según me había informado Virtuditas.

—No hace falta prestar mucha atención para seguirla —decía Virtudes señalando la tele—, casi nunca pasa nada o pasa muy lento. Se ve que la hacen para que las viejas tontas como yo no perdamos comba.

—Tú no eres tonta —le dije yo.

—Gracias, bonica. Y tú que tampoco eres tonta —me dijo esta vez mirándome—. ¿Quieres aprender a hacer ganchillo? ¿Te doy una hebra y pruebas?

—No sé hacerlo.

—Para eso se aprende, para saber.

—No se me da bien.

—Eso no es bonito que lo digas... ¿Qué se te da bien?

—¿A mí? —Me quedé pensando—. No sé, correr, encestar...

—¿Vas a ser corredora?

75

—Me gusta el baloncesto, pero este año me castigaron dos veces sin jugar.

—¿Y eso?

—Porque me pego, porque pego.

—Eso no está bien, hija mía.

—Ya..., pero es que me enfado enseguida. Se me nubla la vista.

—Pues tendrás que controlarte.

—Yo si me chulean, me defiendo.

—O sea, que te pegas con razón.

—No todas las veces, tampoco —le reconocí—. ¿Tú no te has pegado nunca?

—Vaya, pues ésa es una buena pregunta.

Virtudes dejó la labor y se quedó con la mirada perdida.

—Una vez, sólo una.

—¿Te chulearon?

—Se puede decir que sí.

—Entonces no tienes de qué arrepentirte.

—Ah, eso sólo lo sabe Dios.

—¿Tú crees en Dios? —le pregunté.

—Claro, tengo a mi niño descansando con él.

—Yo antes creía en Dios.

—Pues todavía eres muy chiquilla para haber dejado de creer.

—Iba a misa con mi abuela. Ella iba por rezar, que le gustaba. Hice la comunión y todo porque ella quería hacerme el traje, pero había muchas cosas con las que yo no estaba de acuerdo.

—¿Como por ejemplo?

—Pues, por ejemplo, cuando se le pide a la madre de Dios que ruegue por nosotros, pecadores.

—¿Y qué hay de malo en eso?

—Que se dice que todos somos pecadores, y no es verdad.

—Bueno, es que no hay que tomárselo al pie de la letra. A ver, es una manera de decir que como criaturas que somos hay ocasiones en las que caemos en la tentación y pecamos, pero siempre habrá una madre de todos que se apiade y ruegue por nosotros. Es así como hay que entenderlo, creo yo.

—Entonces da igual ser bueno que hacer daño, para el caso.

—Eso tampoco es así.

—¿Para qué te sirve Dios?

—Vaya, bonica —me dijo metiendo definitivamente el ganchillo en la caja—, eso mismo pensé yo cuando se me llevó al hijo.

—Pero luego volviste a creer.

—Es que un día caes en la cuenta de que Dios no decide, Dios nos observa.

—Se lava las manos como Pilatos, decía mi abuela.

—Ay, tu abuela Esmeralda, era implacable. No tenía piedad ni con Dios —dijo sonriendo, como si en ese momento la estuviera escuchando—. ¿La echas de menos?

—No tanto.

—¿Es verdad que estabas con ella cuando murió?

—Es que dormíamos juntas. La fui a llamar porque sonó el despertador y no se movía. Estaba con la boca abierta. La toqué y estaba fría, como una muerta. Le puse un espejo delante de la boca y no lo empañó.

—¿Y tu madre?

—Mi madre no estaba.

—¿Dónde estaba?

—No sé... La llamé a ella y luego llamé al 112. Respondió al rato.

—Ay, angelico mío, pasarías mucho miedo.

—No tanto. Mi abuela ya me había dicho todo lo que tenía que hacer si ella se moría. —Entonces, fui yo quien la miró fijamente para hacerle una pregunta—: Virtudes, ¿tú crees que mi madre es mala?

—Corazón, ¿cómo voy a creer yo eso, por Dios santo?

—Porque ella dice que hay gente que lo cree.

Virtudes me pasó la mano por la cabeza, como si con esa caricia pudiera adivinarme el pensamiento. Ella parecía saber sin preguntar. Y yo jamás había estado con una persona que me escuchara con tanta atención.

—Ya sé por qué no se te dan bien las labores.

—¿Por?

—Porque siempre andas rumiando pensamientos que no son propios de una niña. Yo creo que eres demasiado lista.

—Qué va, qué va, me han quedado todas, casi.

—¿Pasas mucho tiempo sola?

—No tanto.

Imaginé que la vida podía ser así. Virtudes y yo. Un día tras otro con las mismas rutinas, tanteando el terreno de los recuerdos, con cuidado, sin atrevernos a confesar el dolor que produce una herida infectada, que nunca cicatriza.

—¿Te pegaste con un niño o con una niña? —le pregunté.

—Con una mujer. Y no nos pegamos exactamente, le di yo un golpe fuerte, en la espalda. A los niños se les perdona todo, porque aún están aprendiendo, pero una mujer pegando a otra, por muchas razones que se tengan... Eso no ha de hacerse, es una cosa muy horrible. Y tú no tienes que volver a enzarzarte con nadie. Ya vas siendo mayor.

—A ella, a la mujer, ¿le hizo mucho daño aquel golpe?

Virtudes se levantó y se fue a trastear en la cocina. El hechizo de la conversación se iba perdiendo por tantas preguntas mías que era evidente que la ponían triste. Comenzó a pelar patatas para una tortilla. Le pedí un cuchillo y me lo dio. Y fui con mucho cuidado para no cortarme, no por mí, que bien sabía lo que era el ala del cuchillo abriendo mi piel, sino por ella, para que no pudiera sentirse mal si me hacía sangre. Leonardo llegó con Virtuditas y aquella intimidad se esfumó y ya no hubo otra ocasión. Tantas veces he pensado que me faltó abrazarla, que me faltó decirle, quiero quedarme contigo, no daré guerra, no haré ruido, no preguntaré de más, ni seré molesta o caprichosa, déjame quedarme aquí. Pero los niños creen, en una parte remota de su inconsciente, que no pueden expresar más allá de lo que se espera de ellos, que han de ocultar aquello que les hiere para no ser considerados raros o locos. Y lo que no le dije ya no se lo diría nunca. No suelen darse tardes como aquélla, en la que una mujer mayor y una niña hablan de la vida de igual a igual como si los años no las separaran y pudieran de verdad comprenderse.

A la puerta de la iglesia, guirnaldas, lucecillas, los bafles atronando el pueblo y una bandada de estorninos que hacen acto de presencia al caer la tarde. Es el momento en que los romeros que no son del pueblo se marchan para no despeñarse en la bajada por un barranco, para que no se les cruce un ciervo o un jabalí al que no puedan esquivar. Sólo quedan los vecinos. Los repaso, los cuento: son los once de siempre, más los nietos de Milagros, más los hijos de Paquita, más Virtuditas y yo.

Virtuditas se bebe la sangría que queda en los vasos, a veces apura tan sólo las babas de otros, me mira y nos da la risa. Ella baila sola entre las parejas una canción antigua. Yo me quedo mirando, parada como siempre, sin saber qué hacer. Cierro los ojos e imagino que sé bailar, que pierdo la vergüenza, que la luna se quiebra sobre la tiniebla de mi soledad, y pienso que nunca ha habido palabras que describan mejor lo que sucede ahora mismo en mi corazón. Leonardo me toma de la mano y me lleva a bailar con Virtuditas, porque las niñas, dice, han de bailar con las niñas. Nosotras somos torpes, no nos movemos con tanta gracia como estas parejas que, al menos una vez al año, se abrazan como si estuvieran enamorados. Miro a Virtudes y a Leonardo, ella torpe por las piernas, que de tan hinchadas no le responden, y él rudo y protector, como un tronco al que los brazos de ella se aferran. Parece que se quieren. O que se consuelan. O que se cuidan. O que aceptan sin más tenerse el uno al otro. Virtuditas, de pronto, suelta una arcada profunda y sonora, y yo me echo para atrás para esquivar el vómito. Y ahora yace en el suelo, sobre su propio vómito de alcohol no digerido, como muerta. El abuelo Leonardo la levanta en brazos y, mientras se la lleva, murmura, ya es el segundo año que nos lo hace, demonio de cría.

Nada más acostarnos, Virtuditas se desploma en el profundo sueño de la borrachera. La tengo pegada a mí porque, aunque en el cuarto hay dos camas, ella se empeña en dormir conmigo. No te mees, le susurro, porque en algún lado he oído que, si se le da una orden a alguien al principio del sueño, obedece. La noche anterior no me había funcionado: sentí primero el calor que se extendía por debajo de mí y luego la humedad cuando se enfrió el meado. La dejé allí y me fui a la otra cama.

La luz de una de las tres farolas de La Sabina ilumina el cuarto, y también la luna creciente. Entre el cricrí de los grillos, escucho al búho, entonando esa uuu penetrante que invade el valle, y también a la lechuza. Me acuerdo de Emma, a la que no he vuelto a ver desde la tarde de la tormenta. Tal vez se haya marchado para que nadie pueda culparla de mi travesura. Cuánto miedo debe de tener a la opinión ajena para esquivar siempre a las vecinas. Al pensar que tal vez no vuelva a verla siento pena. Quedará en mi memoria como una rara aparición asociada a lugares a los que seguramente no volveré. «En esta barraca de piedra —me dijo— viví algunos de los mejores momentos de mi vida.» La puedo imaginar ahora refugiada bajo la nuca de la sabina, observando la noche desde su cueva de madera, siendo acunada por el latido interior de la tierra boscosa, observada por cientos de animales que conocen su nombre. Para los animales el nombre es el olor que despides, me dijo. Yo huelo bien, le dije como siempre a la defensiva. Oler bien o mal no es la manera en la que ellos te perciben. Lo que aprecian es lo que dice tu cuerpo al pasar, a veces se desprende alegría, otras, pasión, aunque lo que más les atrae es el olor del miedo. Es un olor que los perturba porque saben que quien tiene miedo es incontrolable.

Emma me ha enseñado a distinguir el búho de la lechuza. Y ahí está sin duda la lechuza, cerca de mi ventana, iluminando la noche con su blanco fosforescente de gusiluz, chirriante en su canto como la lija de un carpintero. Dicen que anuncia la muerte, como el cuervo, me dijo Emma burlona, subrayando el «dicen» que atribuía a esa parte de la humanidad ignorante y supersticiosa: Y, dime, si te pones a pensar, ¿acaso hay algún canto en la noche que no anuncie una muerte? No te dejes arrastrar por sus miedos, Julieta, y cuando la escuches, cuando el delicado chirriar de la lechuza se cuele en tu cuarto, déjate mecer por él, piensa en que yo también estaré en algún lugar de este monte escuchando lo mismo, con los ojos igual de abiertos.

Mi madre no volvió al cuarto día, como había prometido, sino al quinto, y yo había empezado a sentirme culpable por estar de prestado en casa de los vecinos. Me apreciaban, sí, pero presentía que deseaban sentirse libres de la responsabilidad que suponía cuidarnos, también les debía de irritar la despreocupación de mi madre. Los padres de Virtuditas aparecieron al fin a buscarla y los abuelos, como suele ocurrir, contrarrestaron con besos sonoros el alivio que les producía perderla de vista. Unas lágrimas al ver que el coche enfilaba la cuesta abajo y un suspiro para celebrar la tranquilidad recuperada.

La marcha de Virtuditas, aunque su paso por la aldea hubiera sido fugaz, me hizo ser consciente de que el final de nuestro tiempo allí se acercaba. Los últimos días de agosto nos trajeron tormentas que hacían temblar la tierra y dejaban luego un frescor que presagiaba el otoño. Mi madre mostraba de nuevo una actitud ausente, no estaba en la aldea sino en alguna otra parte y ya no la sentía conmigo. Había perdido la alegría fugaz de ser propietaria, aunque hubiera ironizado sobre ello, y se preguntaba de qué le valía una casa si nadie va a estar interesado en comprarla. Es una herencia envenenada, me decía. Alguna mañana bajábamos a la piscina de Ademuz en la que, para su tranquilidad, había cobertura por todas partes. La observaba caminar de un lado a otro y hablar, y encorvarse para no perder palabra. En algún momento, sollozaba.

Yo me metía en el agua y haciendo el muerto pensaba en cómo sería ahogarse a los ojos de cualquiera, en si sería mejor morir a la vista de todo el mundo que ahogarse en la soledad de una acequia, dejándose llevar mecida por la corriente suave para que cuando abrieran los hombres la presilla quedara tendida sobre la tierra arcillosa del huerto. Cómo sería un árbol que creciera de mí, qué sería yo, un manzano, un almendro, un cerezo, un ciruelo, o una pequeña sabina que se aferrara al suelo del monte, resistiendo el fuego y la tormenta, que fuera testigo de ese tiempo que sólo pasa por los otros.

Decía Virtudes, siempre tan sentenciosa, que está feo que las niñas se aburran, y aún más feo que se quejen, así que yo paseaba mi aburrimiento sin compartirlo con nadie a la hora silenciosa de la siesta y pensaba, con mi cuaderno y mi estuche bajo el brazo, que a este paso jamás haría mis deberes, que estaba claro desde el principio de año que repetiría el curso y así debía ser porque ahora ya no sabía cómo empezar a aprender todo aquello que ignoraba.

Una tarde me pareció ver a una figura que andaba merodeando por la casita del primer monte que arropaba la aldea y me fui acercando, poco a poco, porque era precisamente allí donde me había dicho Emma que estaba su casa. Y sí, ahora, desde más cerca, podía ver a una mujer que sin duda era ella colocando una sombrilla. Era Emma, debía de haber perdido el miedo a que la descubrieran porque esos movimientos suyos quedaban a la vista de cualquiera, aunque a la hora de la siesta la aldea se quedaba fantasmal, deshabitada; como decía Virtudes, eran horas para las chicharras y los insensatos que no temían al sol.

Y en ese tiempo de sopor Emma parecía la única persona que podía darme algo de conversación, así que subí guiada por ese impulso el sendero del montecillo, convenciéndome a mí misma de que mi madre no podría reprocharme el haberme alejado porque aquel monte quedaba dentro de los lindes del pueblo.

En la entrada de la casa, que no se veía desde abajo, había una parra que daba sombra, un banco de piedra y unas macetas secas en el alféizar de la ventana. Un coche rojo, casi para el desguace, al que le faltaba una rueda, apoyaba su esquina mellada en un lateral del porche y dos gatos me miraban desde lo alto de la capota.

Di la vuelta a la casa, para llegar hasta esa puerta trasera orientada hacia el pueblo, y ante mí tuve por vez primera esa vista desde lo alto que convierte a la aldea en una especie de maqueta de pueblo soñado en el centro de un valle. Bajo la sombra de una sombrilla naranja con flecos estaba ella, tumbada sobre un colchón hinchable, sin la parte de arriba del bikini, mostrando unas tetas muy blancas y enormes sobre las que caían collares de cuentas de colores. Sostenía con una mano una novela, *El nombre de la rosa*, y con la otra un cigarro. No se volvió para mirarme, pero sintió mi presencia.

—Lo nunca visto, una mujer en tetas. —Se volvió y me miró tras sus gafas grandes, que le tapaban media cara.

Como cada vez que decía una impertinencia para descolocarme, la sonrisa pícara le asomaba al rostro. Era su manera de hacerse perdonar.

—Mi madre también se quita la parte de arriba —le dije, me irritaba la broma continua, que me tomara por idiota.

—Entra en casa y coge de la nevera una Mirinda.

—¿Una qué?

—Un refresco. Los hay de naranja y de limón. La ginebra está en la encimera.

—No tomo ginebra.

—Vaya, enhorabuena. Pero de la que vas, me la traes a mí.

Entré en la casa, que estaba en penumbra. El polvo flotaba en el aire transformándose en un haz de luz que se colaba entre las cortinas de la ventana, enfocando, como si fuera un proyector, a un sofá viejo y a un sillón orejero situado al lado de una estantería repleta de libros. La chimenea era un pequeño agujero gris con restos de leños y cenizas, y una alfombra de esparto sobre la que se había dejado algún cojín indicaba que en algún momento, delante de aquel fuego, hubo tardes invernales de lectura y conversaciones. En la pared, un gran perchero con gorros y chubasqueros rudos; en el suelo, botas de andar por el monte. Parecían rastros de una vida que debía de haber sido confortable y se había quedado detenida en un pasado que yo no sabía situar. De entre las vigas del techo salió volando de pronto un pájaro y esquivándome alcanzó la puerta. Pude escuchar el rumorcillo de las crías agazapadas en el nido.

Avanzaba sintiendo presencias, unos ojos a mi espalda desde algún punto que no conseguía localizar, y el sonido seseante de un bicho que coleteó saliendo de debajo de la mesa hasta la estantería. Mis pasos crujían sobre el suelo en el que había una capa gruesa de polvo y tierra, papeles del banco, sobres sin abrir, un mechero verde fosforito, un paquete estrujado de Fortuna y, sobre la mesa, un cuaderno abierto en el que se veía un búho de ojos amarillos en la primera página. Cerca de la ventana, las puertas acristaladas de la alacena estaban abiertas de par en par y se veían algunos frascos antiguos y botellas de licor; los cajones de abajo estaban descolgados como lenguas abiertas y aún contenían alguna servilleta, velas, pilas, cajas de cerillas. Daba la impresión de que alguien hubiera salido huyendo de allí, dejando atrás todo lo que no era imprescindible. La mesa de madera seguía con el hule dispuesto, un hule de flores naranjas sobre el que también había tierra, una taza de café volcada, un azucarero tomado por las hormigas y unos papelillos de madalenas. En un plato de café, colillas de tabaco y el paquete arrugado.

Entré en la cocina, que había sido decorada de manera coqueta, con estantes llenos de botes de especias y hierbas y legumbres, y hormigas entrando y saliendo de ellos. Una araña estaba paralizada sobre la puerta enrejada de la despensa, como si fuera un imán más que un ser vivo. Los muebles en vez de puertas lucían cortinillas de cuadros azules y blancos. Un bicho del tamaño de un ratón corrió fugaz entre mis pies para ocultarse tras una de las cortinas. Me acerqué con aprensión a la nevera, que estaba medio abierta, desenchufada o sin luz, con un gato dentro sorprendido en su descanso, estudiándome desconfiado desde el cajón de las verduras. Saqué uno de los refrescos deprisa, con miedo a que alguno de aquellos habitantes saltara sobre mí o me mordiera la mano, agarré la ginebra de la encimera y unos vasos largos, como de bar. Antes de salir, volví a mirar a mi alrededor sin acabar de entender qué tipo de vida podía tener lugar en esa casa asalvajada que tantas veces habría de visitar luego. En aquel momento, sentí una honda melancolía que a mis once años no supe discernir a qué era debida, aunque ésa es la edad en la que abundan los presentimientos pero no se cuenta con las palabras justas para expresarlos. Estaba sintiendo, sin saber razonarlo, cómo las cosas que abandonamos experimentan también el azote del tiempo y se degradan hasta que se consumen y se hace imposible darles la vida que una vez tuvieron.

Pero Emma, ajena a cualquier aprensión mía, no consideró que hubiera que dar explicación alguna sobre el estado de la casa. Su entusiasmo de nuevo me desarmaba. Sin incorporarse, alzó la mano para coger un vaso y me pidió que le echara un poco de ginebra, luego le añadió refresco y dio un trago largo, gozando el momento, contenta porque me hubiera decidido a visitarla.

—Te estás preguntando si tengo miedo de vivir aquí, tan sola. Pues ya has visto que sola sola no estoy —me guiñó un ojo—, que conste que no siempre estuve tan tranquila como ahora. El primer invierno que pasé en la aldea casi no podía pegar ojo. No hay nada más ruidoso que eso que llaman el silencio en pleno campo. Era como estar rodeada de seres que se hacían invisibles a mis ojos.

—¿Y por qué te viniste?

—A este pajar porque no me costaba un puto duro, lo cual es un decir, porque nos dejamos la vida en arreglarlo.

—¿Vivías con alguien?

—¡Estás en todo, chica! —Bebió otro trago largo—. Con un colega, sí, y con un perro. Yo era una tía muy hippie, ¿me crees?

—Sí, se te ve.

—¡Ja, ja, ja! Fumaba hierba y tal, lo típico, pero no como tu madre, eh, lo mío era un compromiso con la naturaleza.

—Tú no conoces a mi madre.

—Ay, mira, no me seas tan sensible, que así soy yo: hablo de lo que sé y lo que no sé me lo invento. —Se bajó las gafas para que pudiera verle los ojos—. A ver, demuéstrame que tienes imaginación, ¿a qué crees que me dedico?

—Pues no sé, yo sólo te veo dar vueltas por ahí.

—Aunque sólo sea por las pintas, dime: qué te parezco.

Yo la observaba en ese momento recostada, con sus grandes tetas al sol ligeramente caídas sobre el estómago, las gafas enormes a la altura de la barbilla, la melena siempre despeinada. En el tobillo, una cadenita de cuentas.

—Igual tienes un puesto de bisutería en la calle.

—Vamos, no me jodas.

—Pues yo he visto algunas como tú en la playa.

—Yo soy profesora de Ciencias, chica.

—A mí me han quedado las Ciencias.

—Pero si las Ciencias las aprueba hasta el más zote, ¿no se te dan bien?

—No se me da bien nada.

—Eso es estadísticamente imposible. —Se me quedó estudiando un rato—. Yo no te hubiera dejado suspender. Cuando vine de profe a Ademuz sacaba a los niños al campo. No te creas que era tan fácil que los padres entendieran que yo quería dar las clases al aire libre. O sea, para ellos lo normal era estar en medio del campo y hablar de la naturaleza entre cuatro paredes cuando lo que quieres enseñar está a tu alcance.

—¿Es que ya no das clase?

No me contestó y dio otro trago. Se tapó el pecho con el blusón.

—¿Estás jubilada?

—Puede decirse que sí. ¿Sabes qué te digo? Ningún niño debería suspender las Ciencias, y yo no voy de profe maja, ¿eh? Las Ciencias son lo que a un niño le llega directamente al corazón. Fui una avanzada para mi época, incluso en este tiempo, te lo digo, sería una avanzada.

Me encogí de hombros.

—Entiendo, no quieres hablar de Ciencias. Pues nada, chavala, pasamos a otra cosa. Ya veo que tú eres de las que no sueltan prenda. —Ésta era una manera de retarme, de empujarme a que hablara, pero yo seguí sin decir nada, desistió y siguió contando—. Te decía que sí, que vivía con un tío. Lo conocí aquí, en el instituto, él daba Lengua. La cosa se lio, vamos, que nos liamos, y para mi sorpresa dimos un poco el campanazo. No sé por qué a la gente no le cuadraba eso de que dos profesores se enrollaran. Daba la impresión de que estuviéramos morreándonos delante de los niños. El caso es que él se empeñó en que nos viniéramos aquí, al culo del mundo, así que pillamos este pajar, que era de mi familia, y lo convertimos ese primer curso en nuestro nido de amor. Éramos como muy idealistas, ¿entiendes lo que te digo? Pero una vez que acabamos, como yo decía, nuestra Capilla Sixtina, dos días después, recién terminada la obra, va el

94

tío y me dice que esta vida se le queda pequeña. ¿No es de traca? A ver, subnormal, te vas a vivir a una aldea y me dices que la vida se te queda pequeña. ¿Qué esperabas, dime, actos culturales?

—Yo no espero actos culturales.

—¡Hablo en general! —dijo refunfuñando, perdiendo la paciencia porque una niña de once años no pillara su ironía a la primera—. Total, que el tío dice que se larga a dar Lengua a Cullera, que le dan plaza. Vale, le digo, ¡puerta! Y me dice, pero si tú quieres, te vienes conmigo. Le digo, ah, no, no, no querrás que tire por tierra todo el trabajo que hemos echado aquí. Me dice, nena, cuánto has cambiado, ahora te apegas a las cosas. ¡Que me apego!, dice el tío. ¿No es maravilloso? Y va y me suelta como una amenaza: tú verás lo que haces, pero si te quedas, te acabarás liando con un paleto. Tú sí que eres paleto, le solté. Mira el de izquierdas, qué puto clasista. Total, que el tío se va y se lleva al perro, que era más suyo que mío, a un apartamento de Cullera. Fenomenal, colega, de puta madre. Yo, al principio, me quedo, no voy a negarlo, como desprotegida, porque este panorama —me decía abriendo los brazos para dar idea de la magnitud del valle— en un primer momento es aterrador. Pero decido seguir con mi rutina: voy todas las mañanas en el dos caballos al instituto, mantengo la casa, planto unos tomates. Hay que ser valiente para hacer eso, te digo, porque en invierno un día nieva y al otro la carretera se convierte en una pista de patinaje. Pero aprieto los dientes y me prometo a mí misma que voy a resistir, aunque sólo sea para no sentir que me he rendido ante ese gran hijo de puta, y perdona la expresión, aunque estoy segura de que no es la primera vez que oyes hablar en estos términos. Por otro lado, y para compensar tanto desastre, resulta que los alumnos me adoran, que me quieren, y sabes por qué, porque yo esto de enseñar me lo creía. Conmigo tú no hubieras suspendido, maja, eso te lo aseguro. Porque tienes mundo interior, eso lo veo, tienes algo que aún no sé lo que es, pero te aseguro que como me lo proponga, te pillo el secreto. Ponte derecha, chica, que te afea el tipo.

Me había señalado aquello que más podía dolerme, ese encorvamiento con el que yo trataba de ocultar las dos cerezas que habían crecido en mi pecho, tan duras que cualquier pequeño toque me producía un dolor intenso, tan fina la capa de piel que las cubría que el roce de la tela me provocaba escozor.

—Pero lo malo de aquello venía al acabar las clases: ese regreso a la aldea por la tarde con el dos caballos, que te digo que hablar de la tarde en invierno es una fantasía, porque las tardes no existen, aquí la noche se cierra de pronto como si cayera un telón, bum, y si no fuera por los cipreses que plantaron en su día que hacen de quitamiedos más de una vez me habría despeñado por un barranco: eso de llegar al pueblo medio a oscuras, cruzarlo sabiendo que ya andaba todo el mundo recogido en su casa. Imagínate a todas éstas espiándome desde las ventanucas de sus cocinas, escandalizadas porque no me hubiera marchado cuando se largó el otro. De traca: primero, la desconfianza hacia la profe que se enrolla con el profe, y luego la desconfianza porque la profe se queda, ¿en qué quedamos? Es muy difícil encajar en la moral de esta gente, de la gente en general. Digamos que no entré con buen pie en este sitio, que no caí en gracia. Imagina lo que suponía llegar hasta esta casa en la negrura de la noche, rumiando todos esos malos rollos, y a pesar de esto, prepara el fuego, que montar un fuego no es fácil, y para rematar, aguanta la vida con la parka puesta, la bufanda y el gorro, porque no hay manera de entrar en calor, y espera un buen rato, y otro más, hasta que las llamas suban y te arda la cara. Yo hubiera querido instalar, desde el principio, una estufa de leña y subir el tubo hasta la habitación de arriba, pero el tío me dijo, nena, nos basta con la chimenea. El caso es que él no llegó a saber si nos bastaba o no, porque se fue antes de que llegáramos a los quince grados bajo cero. Era... No sé cómo explicártelo para que me entiendas: él era uno de esos seres tan fieles a sí mismos que parece que ni sienten ni padecen y que tampoco les importa que tú padezcas, uno de esos psicópatas que no llegan al asesinato, que les basta con joderte la vida. Para colmo, yo, cuando estoy con un hombre, me vuelvo pasiva, me dejo llevar. Se ve que

97

todo el esfuerzo lo gasto en conquistarlo y luego me desfondo.

»Había veces en que por no quedarme ahí, cuajada en el sofá con la chupa puesta y la manta encima, me armaba de valor y decidía subir al cuarto a acostarme como Dios manda. Hay momentos en la vida en que una se da pena, te habrá pasado, que sientes pena de ti misma y es entonces cuando tratas de disciplinarte, dormir en tu cama en vez de en el sofá, pero otros, en cambio, dices, pues mira, a tomar por culo, me quedo aquí delante de la lumbre con la parka puesta y a quién coño le va a importar, si nadie me ve y a nadie le importo y soy muy libre de parecer una mendiga en mi propia casa. Te confieso una cosa, aunque tú no tendrás que enfrentarte a ella porque te vas a ir de aquí: la perspectiva de volver del trabajo y de que te esperen las sábanas heladas y húmedas es aterradora. Y encima si te pones a pensar en bucle en el tío durmiendo a pierna suelta en un apartamento de Cullera, en cuánto le habría costado instalar la puta estufa de leña, te entra el pánico de perder la cabeza. Piensas en largarte tú también, pero no a Cullera con el embustero ese, que ya está con otra, porque de eso iba este asunto, como habrás deducido desde el principio del cuento. Con esto quiero dejar claro que a los que tenemos mentes científicas también nos la cuelan. Es más fácil despejar la incógnita de una ecuación de segundo grado en el papel que cuando la tienes que resolver en tu propia vida. Pues bien, sueñas con irte a Madrid o a Valencia; sin embargo, resistes, ¿por qué? Pues por pura obcecación, amiga, porque hay algo que te empuja desde niña a ser terca como una mula.

»Una noche, una de esas primeras noches de invierno en la que estás cagada de frío y a punto de rendirte, comienzas a escuchar ruidos en el tejado. Como si alguien trepara por las tejas arañándolas, así mismo. Piensas, ¿salgo a ver? Pero no, te quedas paralizada, porque además de que hace un frío espantoso, de esos fríos que ya no han vuelto a verse, tienes terror a que se trate de un tipo turbio que se ha enterado de que la profe de Ciencias, con sus buenas tetas, vive apartada de la aldea y está sola, y se ha propuesto darle una pequeña sorpresa. Los pasos en el tejado persisten, son pisadas que arañan las tejas con sonido denteroso de uñas o pezuñas. Cierras el cerrojo de seguridad de la puerta y las contraventanas y asomas la cabeza por el agujero de la chimenea porque es de ahí de donde proviene ahora el ruido. Comienzas a escuchar un llanto, un llanto como de mujer, alaridos de dolor, una queja de criatura que se está desgarrando, y entonces te quedas arrimada al hueco, paralizada, armada con el atizador de la chimenea. No logras entender por qué una criatura se ha subido a tu tejado en una noche helada como ésa, en vez de buscar sus refugios naturales. Al fin, te decides, y descuelgas el teléfono, las manos temblando bajo los guantes de lana, y haces lo que estabas decidida a no hacer jamás para no mostrar debilidad ante unos vecinos que piensan que ni de coña aguantarás sola todo el invierno. O al menos tú crees que los vecinos lo piensan. Llamas, llamas al primer teléfono de la lista, que es una lista de cuatro, el de Milagros, que tiene una cabina pública de monedas dentro de su casa, el del médico, y otro, que anotaste el día de vuestra llegada y que corresponde al juez de paz. Contesta un hombre, el juez de paz en persona, que no tiene muchas cosas que hacer por aquí, salvo descolgar de vez en cuando de una viga a un hombre que se ha ahorcado, dar fe de la muerte de un niño, o llevarle a una anciana un certificado. Ésa es la razón por la que el teléfono de ese hombre aparece en mi lista, aparte del de la Guardia Civil, que es el cuarto. Si una noche piensas que alguien quiere entrar en tu casa o notas cualquier cosa rara, me dijo Milagros cuando llegamos, no lo dudes, llama al juez de paz. Y dadas las circunstancias, lo llamo, porque me da miedo avisar a la Guardia Civil y que me echen una filípica sobre la locura que es vivir aquí sola, sobre todos los peligros a los que estoy expuesta, no quiero que me digan que lo que tengo que hacer es irme. Me iré cuando quiera.

»Leonardo, me dice que se llama. Y a los diez minutos ya está aquí. Una vez que se quita el gorro y la bufanda lo reconozco. Es el hombre de la sonrisa grande que se le extiende por toda la cara, el hombre al que se le guiñan los ojos cuando son-

ríe y que alza el brazo cada mañana para saludar-
me cuando salgo del pueblo. ¿Así que usted es el
juez de paz?, le pregunto sorprendida. Bueno, me
contesta con ironía, como podrá imaginar, no había mucho donde elegir.

»Ocurre que quien sea que fuera la criatura que
gritaba desesperada en mi tejado ha dejado de hacerlo al entrar él, y yo le digo, Leonardo, no se crea
que le he contado un camelo, le aseguro que ese ser
estaba lanzando alaridos hasta hace un momento allá arriba, ahora me da apuro haberlo llamado,
pero siéntese, por favor, y nos tomamos una copa
de coñac, que a usted le vendrá bien por el frío y a
mí, por los nervios. Eso hace, se sienta, y empezamos a hablar, esperando a que la criatura vuelva a
dar señales de vida. Le digo que por qué no nos lla-
mamos de tú, y él me dice que bueno, aunque varias veces se equivoca porque se ve que es un hombre educado en el respeto. Leonardo me cuenta que
es el panadero, que reparte pan a las aldeas de alrededor. El horno está a la salida de la aldea, justo enfrente de lo que hoy es el punto de cobertura. ¡Claro!, le digo disculpándome, si el caso es que
me lo dijeron, y siempre estoy a punto de pasarme,
pero al final me traigo el pan de Ademuz. Prueba-
lo mañana, me dice, que mi horno sigue siendo de
leña, y eso no hay quien lo supere. La primera ba-
rra te la regalo, que así me serás fiel como clienta.
No sé si te han contado que el calor de mi horno
calienta a los niños de la escuela, que está en el piso

de arriba. Anda, qué gracia, le digo, sabía que había una maestra de infantil, pero vuelvo tan tarde del instituto que ya no veo a nadie. Es sólo un aula, me dice, con siete chiquillos. Siempre pensé, me sigue contando Leonardo, que cuando tuviera un hijo yo estaría abajo amasando y él arriba, calentico, igual que cuando yo era niño y amasaba mi padre. Me quedo mirándole, maravillada. Mira, Julieta, toma nota de esto para el futuro: es muy inusual, pero mucho, que un hombre te confiese una emoción tan delicada, te lo puedo asegurar.

»Así que me lanzo y le pregunto, ¿tienes hijos? No es una pregunta que yo suela hacer a un hombre que me gusta. Y me dice que sí, dos, y a los dos les he calentado el asiento de chiquiticos, este año ya se me van, empiezan los dos a ir a la escuela de primaria a Ademuz. Se hace un silencio molesto. Me siento una torpe, porque de sobra sé que cuando estás con un hombre y sale el tema "hijos" el hechizo se rompe. Ay, le digo por volver al asunto que le ha traído hasta mi casa, qué apuro me da que ahora no se oiga nada. Y sirvo otra copa de coñac. Leonardo mira a su alrededor y comenta como de pasada, aquí te vendría bien poner una estufa de leña, o incluso dos, porque te aviso de que todavía no ha venido lo más gordo del invierno. Me llevo la mano al corazón y le digo: ¡coño, eso es justo lo que yo decía!

»Lo miro, miro a ese hombre de la sonrisa larga que está sentado junto a mí y pienso, al fin un hombre en sus cabales me da la razón. Chico, le digo animada por el coñac, no hubo manera de convencer de eso al otro. Con el otro me refiero al que se fue. Igual es que ya estaba pensando en irse, añado, y no veía la necesidad de dejarme hecha la instalación.

»Estoy tan a gusto con este Leonardo que ha llamado a mi puerta, que para evitar que se marche le pregunto cosas atolondradamente, sin esperar casi a que me responda: ¿cuántas barras amasas al día, y madalenas, a cuántas aldeas llevas el pan, se puede vivir de eso, fue tu padre el que te enseñó el oficio, cuántas generaciones lleváis dedicándoos al pan?, ¿haces monas de Semana Santa?, ¿de qué hora a qué hora duermes...?, ¿comes mucho pan?, ¿el pan engorda o es una leyenda? Y dándome cuenta de que lo estoy aturdiendo, tomo aire y le suelto: no te lo creerás, pero eres la primera visita que tengo y se agradece. Se lo cree, claro, quién va a venir a verme a mí aquí, si mi familia no entiende qué coño hago yo en este monte.

»Hace un mes que me quedé sola, le confieso. ¿Y por qué te dejó ese hombre? "Ese hombre", dice, me lo pregunta como si no concibiera que alguien me hubiera abandonado y esa franqueza suya me sorprende, me halaga que un hombre tan prudente se atreva a decirme que no se puede explicar cuál es la razón para que a mí, a mí en particular, un tío me pueda dejar tirada. Parecía buen hombre, saludaba siempre, me dice como si estuviéramos hablando de un asesino. Yo contengo mi impulso de aclararle que sí, que parecería bueno, pero que era un gilipollas que debía de estar pensando en largarse desde la primera noche que dormimos aquí y ya no quiso echar un polvo. Tú aún no lo sabes, Julieta, pero hay veces en que las personas estamos ciegas porque nos empeñamos en no saber ni ver. Pero no quise entrar en detalles de la separación, que fue patética, porque a los hombres los ahuyentas si les hablas de tu rencor hacia otros hombres, en eso son muy solidarios, y enseguida piensan que eres una histérica, una loca del monte, y salen huyendo, así que me limité a representar el papel de mujer a la que se puede dejar por otra y hasta cierto punto es comprensiva.

»De pronto me sentí tan, pero tan en armonía con ese hombre al que mi ex hubiera llamado paleto, que me vi a mí misma deslizándome sin control por la rampa de las confidencias. También hay que comprender que no había cenado y que a la tercera copa estaba bastante borracha. Para vivir en estos montes, va y me suelta, has de ser muy valiente, pero mucho, más aún si no has nacido aquí y eres mujer y estás sola, que quieras que no.

»Pero a mí me da igual lo que él diga, en ese momento yo ya tengo perdida la cabeza. Ignoro lo que me está diciendo, y voy a lo mío, porque con alguien tengo que desahogarme y él es esa noche el único hombre sobre la Tierra: ¿sabes, Leonardo? Ahora me doy cuenta de que él no me quería tanto como yo pensaba, ¿no te ha pasado eso alguna vez?, ¿no te ha pasado que das por hecho que alguien te ama cuando en realidad está pensando en largarse? Le hago esa pregunta mirándolo a los ojos. Él sonríe con esa sonrisa ancha que es como una cuchillada preciosa en medio de la cara y me dice, yo no me he visto nunca en esa situación, pero igual es que no he tenido muchas aventuras. No he tenido aventuras, recalca.

»Al escuchar su respuesta me arrepiento de haberle hecho sentir un inexperto o de haber quedado yo como una mujer experimentada. Así que volvemos a sumirnos en un silencio del que parece que ya no sabremos cómo salir, si no fuera porque de pronto se escucha, nítido, aterrador, un nuevo alarido, luego un sollozo, luego un jadeo, después un gemido lastimero, casi inaudible. Leonardo asoma la cabeza por la chimenea. Se rasca la cabeza y me dice, ya está, misterio resuelto: tienes a una hembra pariendo ahí arriba. ¿Una hembra?, pregunto, y mi voz se quiebra en un sollozo. No puedo creer lo que ese hombre me está diciendo. Una zorra, probablemente, un bicho que tiene la fuerza suficiente y la ligereza como para trepar hasta arriba y acoplarse en un lugar caliente. Todo en su boca suena lógico, sereno, y no porque se haga el listo, como hacía el otro cretino, sino porque sabe bien de lo que habla, conoce el terreno que pisa.

»No sabes de lo que es capaz una hembra del bosque cuando busca un buen lugar para parir, me dice. Ellas huelen el calor, esta zorra olió tu leña y trepó por el tejado. Ay, Dios, ¿y no se queman?, le pregunta la profe de Ciencias a la que tanta teórica no le ha aportado todavía unos saberes en el comportamiento animal. No, me dice, quédate tranquila que no se queman, ellas saben muy bien dónde agazaparse. Ya, pero cuando tenga las crías, ¿me van a caer todas por el hueco de la chimenea? Pues no lo sé, me dice, es el primer caso que veo como éste. Lo que está claro es que el macho andará ahora mismo rondando la casa, son muy celosos los machos con sus zorreznos, tanto o más que los humanos, te diré, y es posible que no sea la primera vez que la hembra viene a parir a este pajar; date cuenta de que aquí no había vivido nadie, y los animales siempre andan ganando espacio, para ellos cualquier refugio abandonado es naturaleza. Y añade, si ella padeciera por un mal parto y se estuviera desangrando o si se hubiera quemado, como tú temes, antes la mata el zorro que permitir que sufra. Antes la mata, repito impresionada, y me quedo pensando en que la vida de los animales es más brutal pero más sincera. De pronto, me siento una ignorante con un hombre que no presume de lo mucho que sabe.

»Imagínate la escena, Julieta, imagina que estamos los dos con la cabeza asomada al tiro de la chimenea, el fuego languidece mientras escuchamos atentos un lamento más, y otro, más tenue. Pues debe de haber parido lo menos cuatro, dice rascándose la cabeza. Y yo, ¿qué hago? A ver si se me va a llenar la casa de zorros. Tranquila, que ahora mismo tapamos el hueco. Sin preguntarme, se mueve por la sala y rebusca, se rasca la cabeza como para encontrar el remedio, va a la cocina y se trae de vuelta la rejilla del horno, me pide un martillo y cuatro alcayatas, y las clava en el marco de la chimenea. A mí me encanta ver a un hombre trabajar con pericia para lo manual, me provoca admiración; si ese hombre se me acerca, me entrego. Qué resolutivo es, pienso, no como el otro zángano. Pero él, encima, humilde, se me disculpa: es una chapuza, pero vaya, que de momento nos apañamos. Dice, "nos apañamos", habla en plural, y yo pienso, eso, nos apañamos. Mañana tarde te traigo del horno una rejilla sólida para que esté bien fija, pero que a la par respire. Eso sí, me advierte, estate preparada porque igual nos encontramos un zorrillo asado en las cenizas. Como me ve cara de espanto trata de tranquilizarme: lo más probable es que en unas horas, Emma, cuando la zorra pueda bajar a sus crías al suelo, se vaya y no vuelva a molestarte.

»—Entonces, ¿mañana tarde? —le pregunto con una sonrisa.

»—Mañana tarde, sí —repite ya marchándose.

»—Las cosas que me pasan a mí no le pasan a nadie.

»—Desde luego, esto ha sido entrar en el monte por todo lo alto —me dice como si estuviera alabándome algún mérito.

»—¡Por todo lo alto! —Mi voz, entusiasta y achispada, se queda un poco ridícula suspendida en el aire.

Emma se bebió de un solo trago lo que le quedaba en el vaso, sorbiendo ruidosamente el final, y cerró los ojos. Sin duda estaba ahora reviviendo aquel otro tiempo. Me tumbé a su lado y le pregunté:

—¿Se fue la zorra?

—Se fue. Pero no dejó de acercarse por aquí. Le puse hasta nombre.

—¿Cuál?

—Patty. ¿Sabes quién es Patty Smith? —me preguntó, aunque daba por hecho mi desconocimiento.

—No.

—¿Tu madre qué música escucha?

—La que yo le pongo: Britney, Sinéad O'Connor, Madonna, La Oreja de Van Gogh, Estopa.

—Ah, son otros tiempos.

—¿Se cayó entonces algún zorrillo?

—Sí, uno. Y se churruscó en las brasas. Lo vi cuando volví de clase, y no me atreví a sacarlo.

—¿Cómo era de grande?

—Chiquitillo, igual que un perro recién nacido.

—¿Tenía los ojos abiertos?

—Mira, yo... morbosa como tú no soy, pero sentimental, mucho. Me senté frente a la chimenea, me puse un whisky y empecé a llorar como si fuera yo la misma madre. Tampoco hace falta tener instinto maternal para llorar por un cachorro, ¿no? ¿Tú crees en el instinto maternal?

—Aún no lo sé.

—¿Y tu madre, que al fin y al cabo es madre?

—Yo creo que no.

No sabía muy bien a qué se refería, en qué consistía ese instinto, pero por lo que podía intuir no creía que mi madre hubiera nacido para serlo. Hacía días que tenía abierta la maleta sobre la cama de la habitación pequeña y me repetía insistentemente que fuera metiendo mis cosas. ¿Sabía ella cuáles eran mis cosas? Tampoco había echado un ojo al cuaderno de esos deberes que no había hecho. Cuando su mente estaba inquieta actuaba como si yo no la viera, sin llegar a percibir mi presencia: se liaba los porros por debajo de la mesa del patio, pensando que así yo no me daría cuenta de lo que estaba haciendo. Cuando soltaba el humo tras la primera calada y el olor inundaba nuestro pequeño espacio de aire libre bajo las estrellas me explicaba la naturaleza de esas hierbas beneficiosas para sus nervios. No sé cómo no podía imaginar que yo conocía muy bien ese tufo, que era el olor más frecuente en los bancos que rodeaban mi colegio. Pensándolo bien, era yo quien tenía aquello que se llamaba instinto maternal. Había asumido desde que tenía memoria que debía cuidarla, y según iba entrando en la adolescencia, ella me lo consultaba todo, lo que compraba, lo que vestía, lo que hacíamos de cenar, la película que veíamos. Dormíamos juntas, nos duchábamos juntas, bailábamos, teníamos nuestras listas de música en común, meábamos y hacíamos caca una delante de la otra, nos dábamos besos en los labios. Desde los ocho años, yo conocía la palabra despilfarro, y le decía, eso es un despilfarro, Guillermina, y ella contenía entonces su vicio de comprar; aunque se permitiera ironizar sobre el control que tenía sobre ella la niña sabelotodo, y fingiera ante los demás que se sometía dócilmente a mis órdenes, aquella sumisión era en el fondo muy cómoda para ella, porque no tenía que hacerse responsable de mí.

Desde hacía dos años yo había sustituido a mi abuela en la vigilancia de las cosas que ella siempre extraviaba, las llaves, el monedero, las tarjetas, o la hornilla de la cocina que tantas veces se le olvidaba apagar. Toda su inseguridad, su debilidad, su indecisión, quedaba resguardada conmigo. Le gustaba presumir de que nos tomaban por hermanas, o de que alguien la había confundido con una canguro porque no daba el pego como madre. Le gustaba tanto no ser mi madre como tenerme a su lado. Y a mí me envanecía también ese nivel de decisión del que carecían mis compañeras de clase. Comencé a ejercer mi autoridad al enfermar mi abuela; me hice la dueña de la casa el mismo amanecer en que se murió a mi lado, en la cama, cuando le puse el espejo de aumento con el que ella se quitaba los pelos de la barbilla, tal cual ella me había advertido que debía hacer si una noche le daba un ataque de asma. Aunque asustada por ver a esa mujer ya fría que yacía en la cama con la boca abierta de su último ronquido, actué con mucha determinación al cumplir todos los pasos que debía seguir. Le tapé la cara para no verla, llamé a mi madre al pub, en donde no estaba, pero me dijeron que iban a dar con ella. Esperé a que me llamara. Su voz sonaba nasal, algo aturdida, como somnolienta. Le dije, no he querido llamar a la ambulancia hasta no hablar contigo. Me dijo, buena chica, y entonces, al escuchar esas dos palabras de aprobación, sentí consuelo y la certeza de que una nueva etapa comenzaba en nuestra vida. Creo que las dos hicimos un amago de llorar, pero ninguna de las dos rompimos en llanto. La enterramos en el pueblo, donde no llegamos a quedarnos a dormir. Mi tío Claudio lloraba solo, sin que nadie le echara una mano sobre el hombro. Las amigas de mi abuela, Paquita, Encarna, Milagros, Virtudes, nos abrazaron con mucho sentimiento, como si les diéramos pena, y eso fue bonito porque pusieron algo de emoción a un entierro muy desangelado. Milagros dijo, os vais como alma que lleva el diablo. Nunca había oído esa expresión y pensé que me gustaría tener la ocasión de pronunciarla.

La vecina hablaba de mí como de una niña heroica, una niña de nueve años poniéndole un espejo en la boca a su abuela para ver si había o no vaho. Una niña que llama primero a su madre y luego a la ambulancia. Una niña con gran entereza. Yo sentía que éramos cómplices. Madre e hija, pero con los papeles cambiados. Faltaba muy poco para que yo tomara las riendas de nuestra pobre economía. Tres años tan sólo faltan, decía ella, para que seas la jefa y lleves las cuentas. Remataba su gran sueño de alterar nuestros papeles, advirtiéndome de que el hecho de que muy pronto me considerara una adulta no significaba que me fuera a permitir que anduviera por ahí, que echara mi vida a perder como la había echado ella. Lo repetía como una obsesión, era lo único en lo que parecía comprometida a ser mi madre, temiendo sin tener razones para ello que yo pudiera ser víctima de su mismo error. Pero toda su aprensión se quedó en nada cuando hubo de protegerme del peligro, desoyó mis primeras quejas, se rompió nuestro trato, perdimos la confianza para siempre.

—Eh —me dijo Emma, chasqueando los dedos delante de mi cara—, chica, estabas en pleno viaje, ¿dónde te habías ido?

—Pensaba en si Leonardo volvió a la tarde siguiente.

—Volvió, sí, y me encontró llorando. Sacó el zorrezno de entre las brasas y lo metió en una bolsa. Lo enterró a unos pasos de la casa para que no acudieran los bichos a comérselo, aunque a los buitres no les atrae la carne asada. Volvió, sí, y al ver que todo estaba en paz, me dijo, si no has oído nada en toda la noche será porque esa buena familia se ha ido. No creo que esto vuelva a pasar mientras tú vivas aquí. Le puse entonces una copa de coñac y él me advirtió sonriendo, no te creas que yo suelo beber así a media tarde. Un buen panadero ha de ser de poco beber, que hay que levantarse de madrugada. Se sentó a mi lado. Ya no sabíamos de qué hablar. Acabada la emoción de la zorra no teníamos nada que decirnos. ¿Sabes tú ese momento en que los temas se agotan y no queda más que entrar en acción?

—¿Cómo en acción?

—Eh, cuidado, no te vayas a creer que yo le seduje, ni que él se aprovechó. Por mucho que ésas sean las versiones que circulan por aquí te diré que son falsas de toda falsedad. Él me preguntaba, ¿por qué no te vas de esta aldea, qué pinta una mujer tan joven aquí? Y yo me preguntaba, eso, ¿por qué no me voy, qué pinto yo aquí? No había razón alguna para no intentar un traslado. No había razón tampoco para que Leonardo volviera a visitarme a casa. Así que los dos vimos el cielo abierto cuando se le ocurrió, porque te aseguro que salió de él, que me instalaría la estufa si yo la compraba. Y yo, con tal de no perderlo, me fui a Teruel y encargué la dichosa estufa. Él empezó entonces a frecuentarme, en calidad de operario, y yo como la clienta que le encarga una obra, pero los dos sabíamos que era mentira, que el calor que nos importaba era el que nos dábamos el uno al otro. Dime, Julieta, de corazón, ¿tú crees que es posible la amistad entre un hombre y una mujer?

—Mi madre dice que no.

—Tu madre no lo ve posible... Pues te diré mi opinión: a mí me jodió mucho, pero no puedes imaginarte hasta qué punto, que en la aldea dieran por hecho que entre un hombre y una mujer no puede haber una sincera amistad. Es como imaginarlo siempre todo de una manera sucia, ¿entiendes?

—Pero, entonces, ¿sólo erais amigos, sin nada más?

Emma se me quedó mirando fijamente, haciéndose la loca, ignorando mi pregunta. De pronto, parecía leer en mis ojos un secreto que ni tan siquiera para mí estaba escrito.

—Ese cuaderno que paseas todas las tardes, ¿qué es, un diario?

—¿El que llevo en la mochila? Es para hacer redacciones.

—¿Redacciones de qué?

—De cómo soy yo, de cómo es mi vida, ése es el tema.

—¿Y con eso vas a recuperar las que te han quedado?

—No, el curso ya lo he perdido. Esto me lo manda mi tutora para..., pues no sé para qué.

—Para saber algo de lo que no cuentas. Anda, léeme algo.

—Es que no he escrito nada. No sé por dónde empezar.

—Yo no he sido nunca de diarios, lo mío es el dibujo, pero cuando me veía en una de ésas lo que hacía era escribir la primera frase que se me viniera a la cabeza y, a partir de ahí, todo iba de corrido.

—No quiero irme de aquí.

—¿Ésa sería la primera frase?

—Es lo primero que me viene a la cabeza.

—Ya...

Me puso la mano en el hombro, era una caricia que no llegaba a serlo porque la mano estaba inmóvil, como si quisiera infundirme fortaleza. Notaba su piel, el tacto frío y húmedo que siempre me estremecía. La sentía mirarme, aunque yo había bajado los ojos por temor a que descubriera el secreto que me apretaba el pecho.

—¿Y por qué no sigues contando las razones que tienes para no querer irte?

Me levanté dispuesta ya a marcharme, incapaz de convertirme yo en el centro de nuestra conversación, de contestar a preguntas que podrían delatarme. El cielo se estaba cerrando de nuevo, como ocurría ahora todas las tardes, aunque yo divisaba mi casa desde el montecillo y no me sentía perdida como en el bosque de las sabinas.

—Yo quisiera que Virtudes fuera mi abuela y quedarme con ella aquí —le dije. En cierto modo, necesitaba, no sabía muy bien por qué, mostrar mi fidelidad a aquella mujer—. Yo quiero a Virtudes.

—Mira, no hay ninguna necesidad de que te pongas de parte de ella, ¿me entiendes? No, no me entiendes. Lo que yo te he contado es una vieja historia en la que todos salimos perdiendo. —Alzó los ojos como aburrida de no sentirse comprendida y comenzó entonces a despotricar dirigiéndose a alguien que no era yo—. Pero ¿qué coño le estoy contando a esta criatura, que tiene once años y aún no ha vivido la pena ni el desengaño?

Me levanté sin poder evitar que me temblara la barbilla y se me humedecieran los ojos. Me pareció entrever en las tejas del techillo un animal de ojos brillantes y rasgados que nos observaba.

—¿Y tú, tú qué sabes de mí? Hablas sin saber —le dije con la voz tenue y rota, abrazada a mi cuaderno.

—Ah, amiga, yo sé hasta donde tú me quieras contar. —Se detuvo, rectificando el tono, y noté que me miraba entonces como si fuera consciente de pronto de que tenía ante sus ojos a una niña. Su sonrisa expresó esa compasión que yo rehuía y a la vez necesitaba—. No te enfades conmigo, chica. A mí, aunque no te lo parezca, también me hicieron daño.

Se incorporó y al sentarse vi en su espalda desnuda una quemadura en carne viva que comenzaba en el cuello y acababa en el hombro derecho. Mis ojos se quedaron clavados en la herida.

—Ah, ¿esto? Te diré que no me duele, no es esto lo que duele —me dijo—. Las heridas más dolorosas nunca están a la vista. Es más, hacemos lo posible por ocultarlas. Esto lo entiendes, ¿no?

Tomé la mochila y me la colgué al hombro. Cuando estaba a punto de emprender el camino escuché su voz a mis espaldas:

—¡No te lo creerás, pero hacía años que no hablaba con nadie!

Comenzó a llover con aquellas gotas gordas y violentas de las tormentas de agosto. Un rayo iluminó el cielo y me tapé los oídos antes de que el trueno sacudiera el monte. Llegué a la casa empapada y oí la voz de mi madre que desde el cuarto decía, «ya iba a salir a buscarte, doña Misterios, qué ganas tengo de dejar esto atrás».

A pesar de que los días acababan como si el fin del mundo se cerniera sobre la tierra, los amaneceres de los últimos días de agosto fueron claros y luminosos. Del alboroto tormentoso de las tardes sólo quedaban rastros, un barrizal alrededor de la fuente, el charco en el punto de cobertura, el olor penetrante a tierra recién regada por la lluvia. Los miércoles acudíamos al mercadillo de Ademuz, donde mi madre siempre encontraba chollos que según su opinión no podía despreciar: paquetes de bragas, de camisetas de ropa interior que yo no me pondría, calcetines. Ella iba gastando y saludando a las vecinas, gastando y acercándose a mi oído para compartir chismes maliciosos sobre sus amigas de la infancia, que ahora llevaban a un crío en los brazos y a otro de la mano, que se habían dejado vencer por un abandono que las hacía parecerse cada vez más a sus madres. Mi madre, esa a la que yo llamaba Guillermina, me hacía partícipe del orgullo que sentía por su belleza, aquella belleza inalterada por un embarazo adolescente parecía ser su revancha, una venganza pueril contra aquellas amigas, igual de jóvenes que ella, pero que habían perdido el brillo de la juventud, aunque pudieran presumir ante ella de tener una vida más estable. Me agarraba del brazo flacucho y me lo apretaba cuando me hacía una confidencia. Íbamos como dos chicas, una a punto de pegar el estirón y actuar a partir de entonces como una igual. Se aferraba a su ridícula vanidad, que la hacía parecer segura de sí misma y presuntuosa cuando no lo era. No creo que lo fuera. Ahora me doy cuenta de que mi madre no era más que una pobre chica.

Aquella última mañana de agosto, le pedí que siguiera ella sola su recorrido entre los puestos y me senté con los chicos del frutero. Los chicos del frutero eran pequeños, de entre siete y nueve años, y acompañaban a sus padres en el puesto cantando como locos las maravillas del producto que vendían. El padre les soplaba al oído las frases que debían cantar y ellos se desgañitaban repitiéndolas: ¡Precios sin competencia!, ¡La flor del melón, señora, la flor del melón!, ¡No se pierdan los melones del Mariano! Me gustaba imaginar que Mariano y su mujer, rechoncha y tímida, eran mis padres, y que viajaba con ellos en aquella furgoneta de los melones dibujados en la carrocería, gritando entre los dos niños yo también, perdido de una vez aquel retraimiento que me impedía disfrutar de la vida, cantando a voz en grito las excelencias de las ciruelas, de los melocotones, de las peras del Mariano. Eso debía de ser la felicidad, pensaba entonces, vivir en un lugar pequeño, sobre ruedas, sentirse protegido y a la vez ajeno al mundo, como una niña de circo ambulante que aprende de sus padres a caminar sobre el alambre.

El sol martilleaba en mi cabeza y cerré los ojos. Me dolía la barriga, tenía la boca llena de saliva gruesa y me invadió un sudor frío. La voz de Guillermina me llegaba de fondo, como acolchada, mezclada entre las voces de otras mujeres, hablando con una y con otra de nuestra partida a Valencia y de cuándo planeábamos volver a la aldea, siempre rondando las mismas preguntas y las mismas respuestas, dando vueltas machaconamente al calendario de idas y venidas de la ciudad, sin que nada más fuera dicho: cómo era ella, cómo era su vida. Lo íntimo quedaba para la imaginación de cuantas nos veían aquellas mañanas de mercadillo, que se preguntarían sin duda cómo sería nuestro día a día en la ciudad, ahora que mi abuela había muerto y que mi madre no daba cuenta de novios, ni de dónde trabajaba, ni de planes de futuro; sin duda se preguntaban si aquella chica esquelética que era yo estaría bien cuidada, bien alimentada. Notaba esa aprensión indisimulada de todas ellas hacia mí, por lo delgada, por lo retraída, por lo cargada de hombros, por la sonrisa que tan pronto aparecía como se esfumaba y dejaba asomar un gesto hosco y desconfiado.

Y entre todas las manos que tocaron mi frente sudorosa, la de Guillermina, seca y suave. La frutera volcaba en mis labios un refresco, y la voz de una mujer que observaba la escena apremiaba a mi madre para que me llevara a la sombra. Alguien me humedecía el pelo y me puso una gorra en la cabeza. Era Mariano, abandonando el puesto y empeñado en auparme para llevarme al bar, aunque yo conseguí zafarme de sus manos y me agarré con fuerza a la cintura de Guillermina. Fuimos a la farmacia y sentada ya en la banqueta, más aliviada, chupando un caramelo, escuchaba a la boticaria decirle a mi madre que un golpe de calor a esas horas podía causar desmayos, pero aunque lo sensato era pensar que se trataba de una insolación, también era posible que ese mareo, las náuseas, el dolor de barriga, fuera el anuncio de que estaba a punto de llegarme el periodo.

No quiero irme de aquí. No puedo irme de aquí. Ésas fueron las dos primeras frases que escribí en el cuaderno, las dos que me atreví a decirle a mi madre cuando se disponía a cerrar la maleta. Es que no puedo. Las dos medio desnudas, a punto de irnos a la cama para pasar nuestra última noche en aquella casa que era el único refugio seguro que poseíamos. Se encendió un cigarro para calmar sus nervios y se sentó en la que había sido su mesita de noche infantil, bajo las muñecas con las que jamás jugó y su retrato de la Virgen Niña. No habíamos hablado en todo el verano, había evitado ella cualquier momento de franqueza, cualquier intento de confesión por mi parte. Después de movernos por la pequeña casa como dos animales desconfiados que se arriman a las paredes para no rozarse cuando se cruzan, de pronto, el silencio rencoroso se interrumpía cuando la marcha ya parecía inevitable. Expulsó el humo con rabia, nerviosa, se echó el flequillo para atrás dejando su rostro al desnudo, bello y desencajado, y me dijo, nunca me vas a dejar que tenga una vida propia, nunca vas a permitir que sea de nadie más que tuya, te las ingenias para echarlos a todos, echaste a Andrés y ahora quieres que corte con Rafael.

No es lo mismo, le grité yo, y sabes que no es lo mismo. Andrés era un idiota. Tú misma te reías diciéndome que al fin nos habíamos librado de él.

Es lo mismo siempre, insistía ella como presa de una obsesión, tienes celos de cualquier hombre que se me acerque. Serías capaz de inventarte cualquier excusa asquerosa con tal de joderme la vida. Llevas rumiando todo el curso la manera de alejarlo de mí. Pero esta vez no te saldrás con la tuya porque yo necesito un hombre que me quiera. No puedo valerme por mí misma, no quiero. ¿Tan difícil te resulta entender eso? Podrías intentar llevarte bien con él. ¿En qué coño iba a cambiar tu vida por un pequeño esfuerzo? ¡Dime! Haces lo que te da la gana, mandas en mí, pero en cuanto tienes que compartirme con alguien te conviertes en un demonio y haces que todo el mundo me señale como a una mala madre. Todo ese número del silencio en la escuela, toda esa mierda de llamar la atención de tus profesoras como si yo te estuviera maltratando. ¿Qué esperas que haga? ¿Que me quede aquí, muriéndome de asco, enterrando mi juventud en este puto pueblo? Odio esta casa, tuve que poner tierra por medio. No te enteras. Te he dado demasiado poder, tienes sólo once años y te has creído que eres la mandamás. Pues acostúmbrate a que a partir de ahora no va a ser así. Yo soy tu madre y estoy por encima.

—Tú eres la que tienes celos de mí —le dije gimiendo como si fuera una verdad que se estuviera revelando para las dos.

—¿Cómo?

—Lo que te estoy diciendo: eres tú la que me tienes celos.

Se acercó a mí fuera de sí, pensé que me cruzaría la cara, pero me dio un empujón seco, que me hizo perder el equilibrio y me tiró al suelo. Se echó sobre los hombros una chaqueta vieja y salió al patio. Observé desde la puerta cómo se liaba un porro y se lo fumaba con furia mirando las estrellas. Yo cogí mi cuaderno y escribí las dos primeras frases:

No quiero irme de aquí. No puedo irme de aquí.

Llené una página tras otra, como si alguien me estuviera dictando. Ella subió las escaleras y al pasar a mi lado me dijo, me voy a acostar, que mañana nos vamos temprano.

No sé cuánto tiempo estuve ante el cuaderno, apretando el boli entre los dedos, intentando que la letra fuera clara y procurando no tener faltas de ortografía con la idea inocente de que así me creería más, se convencería de que debía salvarme. Cuando lo di por terminado tomé una amapola de la jarrita con flores y la metí en la primera página. En una hoja en blanco y sobre el cuaderno dejé una nota: «Léelo, mamá, por favor». Escribí mamá, no Guillermina, escribí mamá pensando que así despertaría su curiosidad y encontraría un momento, en la actividad frenética que nos esperaba el día siguiente, para leer mi confesión. Cuando me acosté junto a ella, dormía, o fingía que dormía para que no cupiera la posibilidad de terminar aquella discusión inacabada.

Cerré los ojos y me sumí en un sueño. Veía a mi madre vendiéndome en el mercadillo. Mariano, el melonero, regateaba con ella por mi precio. Mi madre decía, chico, no dudes, llévatela, te aseguro que no te vas a arrepentir, ella es fiel como una loba, sería capaz hasta de matar para defenderte. Y entonces, decía el melonero, ¿por qué te quieres deshacer de ella? Porque tiene un sapo en la barriga, contestaba mi madre.

Mi mano bajó hacia el vientre y sentí con claridad al sapo moviéndose en mi interior. Se movía hacia abajo sinuoso y pesado, abriéndose paso entre mis vísceras, latiendo su papada contra mi pubis.

Nos levantamos sin decirnos nada, y sin hablar tomó ella un café y yo, un vaso de leche con madalenas. Sin mirarnos a los ojos nos vestimos. Sin distribuirnos las tareas, como solíamos hacer, ella recogió la sala y yo hice la cama. No me pidió ayuda para bajar las dos maletas del piso de arriba, ni yo para meter las sillas y la mesa de plástico dentro de la casa. Nos ignoramos en el cuarto de baño, recogimos cada una nuestros cepillos en la bolsa de aseo, limpiamos de pelos la ducha y pasamos un trozo de papel higiénico por el lavabo para que pareciera limpio. Lavé las tazas del desayuno, pasé un paño por la mesa y cambié el cuaderno a un lugar que entendía más visible, el cuaderno con su nota: «Léelo, mamá, por favor». Ella cargó las maletas en el coche, la sentí también hablar en la calle con Milagros y Virtudes, y excusarme porque yo andaba rara, con pena por irme, y prefería no decir adiós. Habló de volver en otoño, cuando aún no azotara el frío del invierno, para darle una vuelta a la casa y ver si cabía la posibilidad de venderla. Pero quién querría comprar algo allí, se preguntaba en voz alta, sin caer en la cuenta de que lo decía ante aquellas mujeres que no comprendían un mundo más allá de ese en el que habían nacido y pensaban morir.

Entró en casa para meter en una bolsa la comida sobrante, los refrescos, la fruta, los tomates, las hortalizas de la huerta que Leonardo nos había acercado la noche antes.

Yo subí a nuestro cuarto, me senté en la cama mirando los libros que seguían en la mesilla. Trataba de hacer tiempo para que ella reparara al fin en el cuaderno, en la nota que lo cubría, y leyera la redacción que jamás iba a entregar a mi profesora. Había dudado un buen rato en si meter en la mochila los libros que había leído una y otra vez, mi único refugio verdadero en un curso en el que había sido incapaz de aprender nada. No sé por qué pensaba que dejarlos allí me ataba a este lugar del que no quería marchar, que poseían una fuerza mágica que me haría regresar pronto. Pensaba con melancolía anticipada en qué sería tras nuestra marcha de todas aquellas cosas que había hecho tan mías, si acusaría mi ausencia el cabecero de flores picudas que había sido testigo de la muerte de tanta gente y del nacimiento de mi madre, si el espejo de luna reflejaría el paso del gato, si la ventana seguiría crujiendo con el empujón del viento y el cristal, tamborileando con la lluvia, si habría crujidos en la cambra cuando no hubiera nadie a quien asustar, si los ruidos en las casas viejas existen cuando no hay quien los oiga, si esos libros, que sabían más de mí que yo misma, echarían de menos que alguien los leyera para entrar en el sueño, si se quedaría allí dentro, encapsulado, el eco de nuestros pasos aquel verano.

Pude imaginar el polvo envolviendo los contados muebles de la habitación austera, sucumbiendo al deterioro por la falta de uso, helado el cuarto por la ventana mal encajada que golpea en las noches de viento, o que filtra la nieve que cubre el pueblo en enero. Quién sabe si el eco de nuestras voces se dejaría oír a veces, si el tiempo sin tiempo las preservaría intactas y comenzarían a sonar en cuanto cerráramos la puerta. Pensé en la casa de Emma y una desolación me invadió como si súbitamente hubiera entendido algo que había estado siempre ante mis ojos.

Me llevé la mano al vientre. Recordé mi sueño tan vívido de la noche anterior y creí sentir los movimientos del sapo bajando por mis entrañas hasta asomar la cabeza entre mis piernas. Metí la mano en los pantalones para tratar de contener su salida y al palpar la materia viscosa comencé a tiritar. Emma estaba frente a mí, su presencia imponente me hizo advertir lo pequeña que era la habitación: se agachó, se puso en cuclillas, hasta que su rostro estuvo muy cerca del mío. Yo escuchaba a mi madre llamarme desde la puerta, avisándome impaciente de que todo estaba ya dentro del coche y de que no podíamos demorarnos más. No podía levantarme, ni asomarme al hueco de la escalera para pedirle que esperara. Emma me miraba, no

ya con pena, como la otra tarde, sino comprendien-
do aquello que yo era incapaz de expresar. Saqué
la mano del pantalón llena de sangre fresca y espesa y ella la sostuvo entre las suyas con cuidado,
como si guardara un pajarillo.

—Escúchame —me dijo—, puedes quedarte
conmigo.

II

EN LA BOCA DEL LOBO

Caed, hojas, caed, flores, morid,
sean los días más breves y más largas las noches.
Con júbilo me habla cada hoja
que aletea cayendo del árbol otoñal.
Sonreiré cuando florezcan guirnaldas de nieve
allá donde brotarán luego las rosas.
Cantaré cuando la noche termine
abriendo paso a un día aún más desolado.

Emily Brontë

Fall, leaves, fall; die, flowers, away;
Lengthen night and shorten day;
Every leaf speaks bliss to me
Fluttering from the autumn tree.
I shall smile when wreaths of snow
Blossom where the rose should grow;
I shall sing when night's decay
Ushers in a drearier day.

Emily Brontë

Las sillas se apilarán en el corral hasta el próximo verano. Se acabaron las tertulias nocturnas aunque todavía haga calor para disfrutarlas. Son leyes no escritas en el calendario de La Sabina que se cumplen a rajatabla. Cuando se va el último forastero se respira una melancolía en el pequeño entramado de calles que sólo se disipa con las tareas de la mañana, como si los días que se acortan fueran un recordatorio de que el verano que viene todos serán más viejos. Aun así yo disfruto de las mañanas de miel de septiembre, de la luz tamizada que anuncia un frío que ha de llegar pero que aún no se ha hecho presente. Sé que los árboles preparan sus tareas de resistencia, sé que se van bebiendo los nutrientes de esas hojas que los adornaron en agosto, y que a fuerza de absorberles poco a poco el alimento las volverán marrones hasta que, deshidratadas, caigan al suelo. Sé ahora que algunos animalillos del bosque, esos que Emma me recuerda siempre que nos observan, están preparando la despensa para pasar el invierno a todo lujo en sus madrigueras, y que el cielo se irá vaciando de las aves que se han de marchar en busca del calor, que nos quedaremos sin vencejos, sin cigüeñas, sin golondrinas ni garzas, que el autillo hará una excepción sentimental y se quedará con Emma, rompiendo la tradición de los de su especie que emigran a África.

La única pena que puedo sentir es la que me transmiten estos vecinos que al llegar el otoño sufren una especie de abatimiento. A Emma, que sólo le interesa el transcurrir de la vida en el monte, le sorprende que yo los observe con tanta atención como ella observa la naturaleza, pero ¿es que no son también parte de ella? Poco se diferencian Milagros, Paquita, Virtudes o Encarna de las ardillas, que acumulan frutos para el invierno, o de los tejones, que construyen su refugio para hibernar y se aletargan durante los meses de frío. Ellas, como tozudamente las llama Emma por no pronunciar sus nombres, comienzan su labor de almacenamiento en los últimos días de agosto y no hay hortaliza o fruto que desperdicien, todo queda conservado en botes, que se intercambian y se celebran, reconociendo cada una la maestría de la otra. Emma no tiene ojos para ver lo valioso que hay en estas mujeres, porque siente que le hicieron daño y parte de su alma se quedó detenida en aquel tiempo, pero ella también lo hizo, aunque de manera no premeditada, y ésa es la razón por la que siempre se exculpa. Mientras que en los animales no concibe otra actitud que la inocencia, es dura juzgando a los de su especie, y sólo atribuye a la maldad algo tan humano como los celos o la violencia repentina que desencadena la desesperación o el desconsuelo.

Paso las mañanas siguiendo el trajín de Virtudes por su casa. Subo cuando ella sube a ventilar el dormitorio, dejando que entre el fresco del otoño reciente, y observo cómo lo deja dispuesto para una noche más en la que Leonardo y ella dormirán abrazados, buscando calor y consuelo. Bajo cuando ella baja las escaleras y entro en la cocina donde le echa un ojo al potaje que puso al fuego temprano, antes de tomarse el café. Sobre la encimera la esperan las berenjenas que dejó cortadas la noche anterior en un colador, con un peso encima para que suelten todo el agua y el amargor. En el estante ya tiene los botes de pimientos rojos, los de tomates, de calabacín, o el membrillo y las mermeladas que ella, diabética, no puede comer, pero mandará en un paquete a Tarragona. Todo lo que Leonardo cosechó en verano está sabiamente transformado en delicias para el invierno, tiempo en que la mayoría de los días no saldrán de la aldea y alguno de frío extremo, ni de casa. Leonardo se perderá por el monte para coger setas, caracoles, para cazar algún conejo, o bajará a la vega a pescar truchas en el río Turia y a la vuelta echará un ojo al huerto donde las hojas de las coliflores alegran la tierra como si fueran macetones de flores exóticas.

No hay nada que ellos no sepan hacer para subsistir, desde el pan amasado que Leonardo toma en brazos, con el cuidado con que se sostiene a un recién nacido, al bizcocho de limón que Virtudes corona con la manzana esperiega. A las madalenas, Leonardo, cuando aún tenía el horno, las llamó Las Virtudes, en homenaje a quien de verdad las hacía, y hasta encargó en Teruel los papelillos con el nombre escrito. Las Virtudes, que siguen haciendo en casa, dan de desayunar a la población envejecida de los pueblos cercanos, pero también viaja alguna bolsa a Valencia, a Barcelona, a Madrid, cuando los hijos y nietos vienen de visita.

En los últimos tiempos se están volviendo perezosos y con la excusa de los dolores lacerantes de Virtudes compran bollos falsos, como así los llaman, en el supermercado, y como un acto de lealtad al que fuera el trabajo de toda una vida, reniegan de ellos cada vez que se llevan un bocado a la boca; se lamentan, siempre, de que el mundo a su alrededor esté perdiendo el gusto por lo bien hecho, aunque la realidad sea que poco a poco ceden ellos también a esas marranerías dulces que antes sólo compraban por capricho de la nieta. Hacerse vieja es tener dolores y moverse cada día que pasa con más torpeza. A Virtudes no le extraña, porque se educó en el dolor, lo sufre con entereza, sin queja ni asombro, como sufre el animal cuando se hace viejo y se arrincona. ¿No es esta resignación digna de ser observada?

Cada vez que Virtudes pasa al lado de la foto de su niño muerto, se da un beso en los dedos índice y corazón y pone las yemas sobre el rostro del hijo. Si de pronto se acuerda de que no lo ha hecho vuelve a la foto alterada, como si con ese acto conjurara la felicidad de su hijo en el más allá. Por las tardes, saca de la caja de lata su ganchillo, y cada tanto deja la tarea sobre el regazo para estudiar sus manos dolientes y deformadas, temiendo que esa última habilidad que le permite la salud tenga también los días contados. A veces colorea unos álbumes de dibujos que Leonardo le va comprando en la librería de Ademuz. Aunque a él le parecía un entretenimiento de mujeres, también le ha tomado el gusto y ahora se sientan los dos a la mesa camilla, como dos escolares, concentrados, olvidadizos de un mundo en perpetuo derrumbe del que da cuenta de fondo la presentadora del telediario.

Ha ocurrido más de una vez que Virtudes se ha tropezado con un mueble y es tan fina su piel, ennegrecida por la mala circulación, que ha brotado la sangre violentamente, formando enseguida un charco viscoso en el suelo. Virtudes toma entonces un trozo de sábana que guarda en el costurero y se hace ella misma un torniquete para parar la hemorragia. Sale a la calle cojeando a pedir ayuda. Al poco aparece Leonardo, avisado por alguna de las vecinas, la ayuda a montarse en el coche y bajan el monte dando tumbos, asustados, hasta el centro de salud. No sé cómo se las apaña Leonardo para acudir tan rápido a su llamada, es como si, por más concentrado que anduviera en sus tareas, se encontrara siempre alerta por si ocurre algo.

Leonardo se aferra al volante, ya no tiene los mismos reflejos que cuando conducía de joven al atardecer o incluso de madrugada, para hacer una ronda por los bailes de las fiestas del Rincón, medio borracho cuando regresaba a la aldea en el amanecer, enardecido por esas horas de libertad que nadie le iba a reprochar al día siguiente porque aquello era parte del desahogo propio de un muchacho, incluso de su formación como hombre. Qué lejos le quedaba esa juventud, ni tan siquiera había podido revivirla con su hijo, que murió antes de que corriera el peligro de despeñarse a la vuelta de unas fiestas. No sólo teme que sus sentidos le fallen y las ruedas resbalen en una curva sin quitamiedos, es que es en otoño cuando los animales bajan con más frecuencia a la carretera y no es raro que se te cruce un corzo o una familia de jabalíes. Hay que tener reflejos y frenar, porque espacio para esquivar no hay en esta carretera a la que jamás llegan ni las promesas ni el presupuesto. Es éste un territorio perdido, de futuro cada vez más incierto. No se asfaltan carreteras para quince habitantes.

Un atardecer, camino del centro de salud, con Virtudes sujetando la toalla sobre la herida y apurada por la alarma que sin pretenderlo provoca siempre entre las vecinas, les están esperando cinco buitres en la carretera, parados, como si fueran miembros de un destacamento militar. Leonardo para el coche. Es la primera vez que ve de cerca a estos bicharracos, que tantas veces planean sobre su cabeza cuando está en el huerto y jamás hubiera podido imaginar que tuvieran semejante envergadura. Virtudes murmura, ¿será que me huelen la sangre? Y él la tranquiliza, pone la mano en la pierna herida, mujer, qué cosas tienes, éstos están esperando a que haya algo de viento para remontar el vuelo. Pero al verlos acercarse se alarma: sus cabezas llegan a la altura de las ventanillas. Rodean el coche, se quedan observando el interior, como si tuvieran verdadera curiosidad por esos seres asustados de otra especie, y tras unos minutos sopesando si concederles o no la libertad, se van abriendo hacia atrás, ampliando el círculo, dejando espacio al coche para que continúen el camino, como una especie de guardias de frontera que hubieran indultado a un par de sospechosos.

Los observo cada día, como si fuera para mí un ritual, me detengo en la ventana que da a su comedor y desde la calle veo cómo cada noche, antes de irse a la cama, él unta sus manos de crema y le da un masaje ascendente en las piernas, tal y como le ha enseñado la enfermera, muy suave, no apretando sino dirigiendo delicadamente el curso de la sangre hacia arriba para que la piel seca y apergaminada no se agriete ni el tacto sea doloroso.

Cuánta culpa hay en esos cuidados, me pregunto; cuánto rencor no expresado en esa mirada que ella procura que no se cruce con la de él para no reavivar algo que el tiempo debiera haber convertido ya en cenizas.

Nunca me cruzo con Emma por las calles de la aldea. Ella aparece, como siempre ha sido su costumbre, cuando vagabundeo por el monte. Igual que al encontrarme con las niñas de mi colegio, siempre en las mismas esquinas, ella aparece en el rincón del sapo, a orillas de la acequia, en el lavadero, o a la altura del desvío hacia el bosque de las sabinas. Ya no tengo el miedo de entonces, sólo estremecimiento en el momento en que la noche se desploma sobre nosotras y caminamos guiadas no por la vista sino por la intuición. Los límites del paseo se van agrandando y a veces llegamos muy abajo, a la vega de Ademuz, a orillas del Turia. Los chopos tienen las hojas de un amarillo anaranjado que resplandece y te obliga a guiñar los ojos. Bajo la chopera que sigue el curso del río siento como si caminara sobre una alfombra de oro. Emma a veces se queda mirándome al final del camino, admirando cómo las hojas caen sobre mí tintineando y se me quedan pegadas al pelo y al abrigo; dice que parezco un espantapájaros de postal, de aquellos que adornaban con purpurina y que todavía venden en la papelería de Ademuz.

Con Emma los recuerdos se ven. Podría decirse que cuenta con tanto detalle lo que ha vivido que basta con cerrar los ojos para imaginar la escena, pero no es eso: no hace falta recrear sus historias porque éstas se hacen visibles ante mis ojos, hasta tal punto es así que yo me aparto a un lado y enmudezco para no interrumpir lo que sucede.

Hay recuerdos que se repiten, porque su memoria los busca, los mima, les añade detalles de una vez a otra, y ahora que me tiene a mí como una espectadora que jamás se cansa de sus historias esos recuerdos salen a nuestro paso cada vez que pasamos por el lugar donde se produjeron. La barraca. El baile de la barraca. Cae la tarde y nos acercamos a la pequeña construcción cuadrada de piedra sin puerta, la misma de aquel atardecer en que nos refugiamos de la tormenta. Fue cuando ella dijo, «pues no te lo creerás, pero en esta barraca he pasado yo los mejores momentos de mi vida». Yo no tenía entonces el suficiente sosiego para escucharla, ni para ver lo que ella estaba viendo, yo no era nada más que una criatura desamparada, que temblaba por el miedo al sacudir de la tierra y por el dolor que pudiera provocarle la tardanza a su madre. Mi madre. Unas veces sufría por mí, y otras tenía el corazón de piedra. Unas, temía perderme; otras, era su estorbo. Esos dos sentimientos contradictorios que albergaba hacia mí, de los que siempre fui consciente a la manera en que los niños perciben cómo se enturbia el cariño, me provocaban inquietud y culpa.

En la barraca de piedra, según nos vamos acercando, Emma me señala la escena del interior: un hombre y una mujer bailan en la penumbra. Sólo la luz roja de una linterna posada en el suelo los ilumina y ellos, según van dando vueltas, salen y entran del foco de luz. Entonces me siento en el umbral de la puerta, como aquella tarde, pero esta vez sin frío ni miedo, sólo expectante. La voz que narra la historia, la de Emma, se va desvaneciendo y una canción de amor me envuelve y los envuelve a ellos también. Canta un hombre con acento extranjero. La voz rota, delicada y dulce al principio, se vuelve luego desesperada y aguda.

> *Gorrioncito, ¡qué melancolía!*
> *Pues sin tus caprichos ¿yo qué haré?*
> *Pero cada cosa que fue tuya*
> *Con el alma rota buscaré.*

> *¿Adónde fueron esos tiempos?*
> *Que soñaba el viento*
> *Que cruzabas vívido*
> *Gritando contra el cielo:*
> *«No me dejes solo, no*
> *No te marches, no te marches».*

El hombre bajo y fuerte que es Leonardo guía en el baile a la mujer alta y robusta, que es Emma. No giran abrazados sin más, sino que bailan, bailan siguiendo el compás, tomándose muy en serio el ritmo de la canción. Cuando el cantante extranjero rompe a gritar que sin ella morirá, que sin ella sufrirá, que sin ella quemará todo el sueño suyo, el hombre y la mujer, Leonardo y Emma, se abrazan con fuerza, se besan en el cuello y en la boca, él hunde el rostro en los pechos de ella y entonces se dejan caer sobre la manta que hay en el suelo. El foco los pierde, apenas los ilumina, y ya sólo me llegan los jadeos y algunas palabras, mi pequeña, mi pequeña salvaje. La voz de Emma vuelve a hacerse audible a mis espaldas, me dice que la pasión no se puede narrar, que sólo pertenece a quien la ha vivido, que contarlo es malbaratarla y que, además, cómo podría entender esa cosa tan loca que es perder la cabeza por un hombre. Me hundo en un silencio espeso, el atisbo de un antiguo pensamiento negro vuelve a oprimirme el pecho, y entonces noto que ella me mira de reojo, que sabe algo de ese dolor del que nunca hemos hablado.

No es el recuerdo de la barraca el que más me gusta. La emoción que siento cuando los veo bailar medio a oscuras, siguiendo al hombre de la voz rota y dulce, se transforma en una especie de asco al ver sus sombras revolcarse en el suelo, al intuir que se están desnudando el uno al otro y que se dejarán llevar por esa pasión que me produce un malestar insoportable, imaginando las cosas que se hacen y se dicen como fogonazos que regresaran a mí desde otra vida. Ella quiere mostrarme las pasiones que desata el verdadero amor y yo sé que no siempre es el amor lo que conduce a eso. Prefiero disfrutar del recuerdo del horno, cuando al pasar por la puerta, nos asomamos a la ventana y vemos al hombre joven tomando entre sus brazos la masa blanca del pan como si sostuviera a un bebé recién nacido. La posa sobre la pala para meterla al horno del que se intuye un fuego furioso cuando abre la portezuela. El hombre parece feliz, digo. Lo es, dice Emma, lo es porque pasa los días protegido en el mismo refugio que amparó a su padre, su abuelo, a su bisabuelo y así hasta que la memoria se pierde. Siente el orgullo de haber heredado un oficio que le libra del trabajo extenuante del campo, de la crudeza del invierno y de la esclavitud de mirar al cielo para suplicarle benevolencia. Se levanta de madrugada y, enfrentando el frío hiriente, baja la cuesta desde su casa hasta el horno teniendo que echar serrín a su paso los días de nevada para no resbalar, pero una vez que entra en su madriguera puede quedarse en camiseta, vestido de blanco de pies a cabeza, impecable, con el gorrillo involuntariamente ladeado que le protege el pelo, disfrutando de la soledad de la madrugada, con la misma lejanía del mundo que la de un astronauta que contemplara la Tierra desde la Luna.

Sobre el estante, está la radio, que no siempre alcanza la onda para escuchar las noticias, pero no es eso lo que está buscando: dentro de una caja de galletas guarda sus casetes de canciones italianas, aquellas que tantas veces bailó en las fiestas del Rincón, cuando estaba soltero y esperaba ansioso el momento en que la orquesta enfrentara su repertorio serio y tocara las melodías lentas del año imitando las voces de los cantantes famosos, incluso el acento italiano o el inglés. Bastaba que sonara una de ellas para sentirse a veces ligeramente empalmado, antes incluso de pedirle a una chica si quería bailar. Gracias a una de aquellas canciones, tuvo entre sus brazos por vez primera a Virtudes; envalentonado por la melodía se atrevió a apretar su carne tierna, como masa de madalena.

No hubo un noviazgo largo ni la necesidad de conocerse a fondo porque ambos sabían quiénes eran desde siempre y de dónde venían, se habían cruzado por la calle desde pequeños, con indiferencia cuando eran muy niños, con desconfianza de adolescentes luego y más tarde con la certeza de que estar juntos era su destino.

Pero, de pronto, en esta vida sin sobresaltos, se ha cruzado una mujer, piensa el alegre panadero; no ha sido porque se la encontrara en uno de sus viajes a Teruel a comprar ingredientes para el horno o herramientas para el taller o el campo, ni porque se diera un intercambio de miradas en una de las cafeterías de Valencia en las que entra para disfrutar de una breve vida de ciudad que jamás va a tener, a no ser que cuando sea viejo se empeñen en desarraigarlo sus hijos, como les ha pasado a tantos en la aldea. La mujer ha entrado en su vida sin que estuviera previsto y se le ha ofrecido con un deseo que él jamás habría esperado merecer. Primero la vio de lejos, arreglándose el pajar abandonado del montecillo, con aquel profesor pelilargo, exactamente el tipo de hombre que le hace a él sentirse acomplejado, como rudo, un paleto. Luego el tío se fue, porque la vida en el monte acojona a cualquiera que no haya nacido en él, y la dejó sola, pero ella siguió yendo al instituto cada mañana en su dos caballos, no con la actitud de mujer abandonada, que sufre y se acobarda, no, ella es la pura imagen de una joven en busca de encuentros, que le sonreía cada mañana temprano antes siquiera de haberse presentado, cuando él ya había hecho lo más fatigoso de la faena y salía a fumarse un cigarro y a que le despejara el frío cortante de la mañana.

Todo comenzó aquella noche que subió a su casa, la noche en que parió la zorra, y la vio por vez primera de cerca, asustada, quebradiza, deseosa de tener compañía, así lo notó él, porque eso se huele, se ve en la mirada, e intuyó que si a la hora de estar charlando en el sofá él le hubiera dicho, ¿puedo besarte?, ella se hubiera entregado sin reservas o incluso se hubiera lanzado a sus brazos, pero estaba tan sorprendido ante esa situación, tan temeroso a la vez, que procuró mantener la distancia: ser eficiente con el asunto que le había llevado hasta allí, pero no aprovecharse de la soledad en la que, ahora lo veía claro, ella estaba sumida. ¿Qué hubieran dicho de ella sus amigos si él hubiera presumido de tenerla tan a tiro? Que era una lanzada, que la zorra era ella. Esos posibles comentarios lo atormentaban, y aún más la certeza de que él hubiera comentado lo mismo de escuchar la historia en boca de otro. Pero cómo iba a saber él antes de encontrarla que una mujer podía mostrar una apetencia sin tapujos, sin vergüenza auténtica o fingida, sin remordimiento.

Guardó el secreto, trató de ocultarse a sí mismo también el deseo urgente que ya sentía, y se acercó a la tarde siguiente al pajar con la disposición de un operario que fuera a sacar de un apuro a una vecina. Ocurrió que cuando era evidente que la zorra recién parida se había largado llevándose a sus crías, ya no tenían motivos para estar solos bajo el mismo techo y no quedaba otra que irse o provocar un roce, que una mano tocara como de casualidad la otra y así saber a ciencia cierta que todo podía ser tan fácil como parecía. Y así fue, sencillo, directo, él actuando como si fuera otro, como si aquello estuviera ocurriendo no en una casa que se encontraba a doscientos metros de la suya, sino en otro planeta o en otro tiempo. Estaba entregado a aquella mujer y a la vez se observaba a sí mismo desde fuera y no se lo creía, veía a una mujer y a un hombre deshaciéndose de las capas de ropa que protegían el cuerpo del frío helador y quedándose desnudos frente a un fuego que calentaba menos que su propia calentura interior.

Todo eso vuelve a la mente del panadero cada amanecer, escuchando el casete de las veinte mejores canciones italianas de amor en español, sintiéndose tan clandestino en su soledad como cuando está con ella, ya no en el montecillo, donde serían vigilados desde cualquier casa del pueblo, sino en la barraca de la carretera, en el bosque de las sabinas, dándose el lote como dos adolescentes, o en un hotel de Teruel en donde la dueña es discreta. A esta mujer valiente no le importa buscar escondrijos en el monte, es una salvaje, tan amorosa que en sus brazos se empequeñece para que él pueda abarcar su cuerpo enorme. A menudo piensa que algún día tendrá que vivir sólo del recuerdo y que no habrá lugar mejor para disfrutar del pasado que este horno al amanecer, abrigado en su cueva por el calor y estas canciones que escucha a espaldas de Virtudes, porque siente que si ella siempre se ha reído de él por esos gustos melosos y romanticones, ahora sospecharía que esas canciones invocan la presencia de otra mujer, y sabría que es la rubia, si es que no lo sabe ya. No hay manera de tener una doble vida en estos pueblos casi vacíos. No hay manera de estar solo.

Emma observa al joven panadero entregado a su tarea con una sonrisa, adivina cada palabra que él piensa, y de pronto se ve a sí misma, la vemos las dos, entrando en el horno cuando aún no ha amanecido y acercándose a él, que la mira, quieto, despojado. Es imposible ocultar mucho tiempo el amor de dos personas que andan pensando la una en la otra obsesivamente, que hacen por encontrarse, primero en lugares recónditos y luego, ya imprudentes, con la temeridad que proporciona el deseo, que exalta como una borrachera, se meten mano rápida y torpemente en cualquier recoveco de un callejón, o en ese horno al amanecer en donde llegan a creer, ingenuos, que no hay ojos vigilando tras las ventanas. Emma sale siempre de este recuerdo alarmada por un grito que se escucha desde la calle, por el sonido de una puerta que se abre de pronto golpeando la pared. Y entonces ya no puedo ver más, aunque intuyo que un día alguien interrumpió el encuentro.

Subimos el montecillo a buen paso y poco a poco ella se sosiega, recupera en la caminata su espíritu alegre y vuelve a proponer planes que suenan como nuevos pero que volverán a llevarnos una vez y otra a los mismos lugares del recuerdo. Habla de preparar níscalos con patatas y huevos y de que luego, cuando la aldea se hunda en la siesta, me dibujará el trasiego de vida de un tejón en otoño. Sólo una vez creyó entrever un tejón, me cuenta, pero está segura de que algún día se nos ha de cruzar uno de estos animalillos huidizos que no se dejan observar por la mirada humana para alimentar su misterio. Copia los animales de un libro que siempre tiene abierto sobre la mesa, *Criaturas salvajes*, de Rosa Bonheur, y me anima siempre a hacerlo. Si dibujas, dice, acabarás entendiendo el alma de los animales, si además trazas el rastro de lo que andan haciendo de la mañana a la noche te explicas el propósito de una vida. A mí me gusta verla dibujar, me siento con ella en el sofá, y unas veces en el cuaderno, otras en el pizarrín, me hace seguir los pasos del tejón, de la ardilla, del lobo, del autillo que vive refugiado en una de las vigas del techo, y es cierto que a través de sus trazos veo con claridad aquellas tareas a las que dedican su vida de manera incansable, poniendo en cada una de ellas el máximo cuidado. A mí me gustaría dibujar a las mujeres, representar en viñetas a Virtudes, por ejemplo, porque su quehacer diario es idéntico al de todos esos animales tan hacendosos, pero hay asuntos de los que aún no podemos hablar, y damos rodeos y rodeos para que los recuerdos no acaben con nosotras.

El otro día subí a la escuela que hay encima del horno. Me sentí llamada por una canción de melodía tan espiritual que al principio me pareció cantada por los niños de un coro de iglesia:

«Mil campanas suenan en mi corazón, qué difícil es pedir perdón, ni tú ni nadie, nadie, puede cambiarme».

Subí las escaleras y empujé la puerta de la clase. Se sentía el calor del que tan enorgullecido estaba el joven panadero, el calor del horno que calentaba el suelo del aula. Había unos ocho niños, desde preescolar hasta unos diez años. La maestra, que parecía salida de una foto en blanco y negro, me miró y me dijo sin sorprenderse, siéntate, y me señaló el último pupitre. Me senté al lado de una cría de unos nueve años que miraba, superada, una hoja en cuyo encabezamiento parecía haber escrito la señorita: «¿Te gusta vivir en La Sabina?». La niña miraba la página en blanco, con la cabeza apoyada en la mano, agobiada por la tarea, cantando bajito y a la vez abstraída, «dónde está nuestro error sin solución, ¿fuiste tú el culpable o lo fui yo?, ni tú ni nadie, nadie, puede cambiarme». De pronto pareció dar con la respuesta y escribió, *sí, me a gustado mucho vivir aquí, pero ya no queremos vivir más aquí.* Yo le señalé que le faltaba una h. Me miró con sus ojos castaños, vivísimos, y me sonrió. Qué más pongo, me dijo. Y le dije, pon cómo se llama tu madre. Ella escribió, *Mi madre se llama Esmeralda.* Y pon por qué os vais. *Nos vamos porque mi madre es modista y va a buscar un trabajo en Valencia.* Y pon si te quieres ir. *Me quiero ir porque allí ten-*

dremos un piso para las dos solas. Se quedó mirando el papel con impotencia, con desesperación. Pero cuéntalo, le dije, cuenta por qué tienes que irte. Entonces se me acercó al oído y me susurró, no puedo quedarme en La Sabina porque sólo la tengo a ella. Sí, le dije, tienes al tío Claudio. Miró fijamente al papel, abrumada. Me voy porque ella quiere vigilarme, mi madre tiene que vigilarme. Vigilarte a ti por qué, le pregunté. La niña, mordiéndose el labio inferior, como haciendo acopio de un gran esfuerzo, escribió su nombre con letras desiguales, apretando en exceso el lápiz al papel: *Guillermina.*

No cantó el cuervo, ni el cucú ni la lechuza en la noche previa, pero la vida de Virtudes se apagó la madrugada de un otoño, en su cama, rodeada de sus amigas, de la hija que vino desde Tarragona, de Leonardo el viejo, de Andrés, el médico, que a duras penas llegó para certificar la muerte. Cuando anochecía, Virtudes había querido quedarse a solas con su marido, estaba consciente y quería decirle antes de marcharse todo cuanto llevaba años reservándose. Lúcida, envalentonada por la cercanía de la muerte, sin miedo a provocar enfado o disgusto, le confesó que tenía prisa por irse, que sabía que el chiquillo la estaba esperando. Dime, Leonardo, le preguntó, tú no crees en Dios, ¿verdad? Y Leonardo se encogió de hombros, sin saber si en esos momentos servían de algo las mentiras piadosas. No me tomes por tonta, ni por loca, llevo muchos años queriendo morirme, pero no he tenido valor para dejarte. Dime la verdad, ¿te faltó a ti valor para dejarme a mí? Leonardo negó con la cabeza. No, jamás te hubiera abandonado. Por cobardía te quedaste conmigo, es así. Leonardo dijo entonces la verdad, o una verdad que encerraba otras que jamás confesaría, «fuera de aquí habría sido un desgraciado, Virtudes». Se tumbó a su lado y le dijo al oído que la quería. Le decía ahora, a las puertas de la muerte, las palabras que podrían haberle dado a su mujer algo de consuelo, alivio, una tregua a su dolor, pero que fue incapaz de expresar por cortedad o impotencia. Al escucharse a sí mismo pronunciarlas se preguntaba avergonzado si el haber sido incapaz de concederle alguna vez esas palabras sanadoras no sería una manera de vengar su incapacidad para cambiar de vida. Se vio a sí mismo tan miserable por ese pensamiento que se le cruzó mientras abrazaba a aquella mujer que poco a poco iba dejándose llevar a un paraíso en el que él no creía que quiso levantarse de la cama, pero ella lo retuvo.

Leonardo, dijo con calma, con dulzura. Dime, Virtu. Yo la hubiera matado, lo sabes. Lo sé, yo sé cómo eres. Nunca debí golpearla, no debí hacerlo. No puedo reprochártelo, estabas destrozada. Pero quise matarla, no quise matarte a ti, que eras quien me había traicionado, quise acabar con ella. ¿Y de qué nos vale ahora hablar de todo esto?, dijo Leonardo, limpiándole con su mano el sudor frío de la frente. Porque quiero librarte de este tormento, yo te hice pagar por la muerte del niño. No quiero que duermas aquí solo y con esa culpa. Él asintió con la cabeza, como comprometiéndose a cumplir su deseo. De sobra sabía que ya era imposible.

Dímelo otra vez, pidió ella. Qué quieres que te diga, Virtu. Lo que me has dicho antes, dímelo. Y él se lo dijo de nuevo, también al oído, en voz baja, aunque nadie podía escucharlo.

Veo el resplandor de las lucecillas a través de las ventanas. No son luces de Navidad, son mariposas, velas para honrar a los muertos. Es la víspera de Todos los Santos. Una chica no muy alta y fuerte, con el pelo tan rapado que se le dibuja el arco de la nuca, las está encendiendo en un recipiente chato que ha situado debajo del retrato del niño Leo y de la foto de la abuela Virtudes. A mi memoria vuelve la palabra chaparra, lo que yo creí que era un insulto y con tanta precisión define a la chica. El abuelo Chaparro sale con una fuente de patatas y huevos y se sientan los dos a la mesa. Este día se hace más llevadero por la presencia de Virtuditas, ya convertida en Virtudes, que protege a su abuelo más de lo que se podía prever cuando era una niña tan borde, tan caprichosa y dada a liarla en cuanto se la perdía de vista. Virtudes nieta ha logrado lo que parecía imposible, llenar el hueco del niño muerto y alegrar, al menos en estos días en que viene a visitarlo, la vida del viejo, que piensa para sí que, de una manera misteriosa, esta muchacha está cumpliendo lo que para él fueran sueños imposibles: estudia un año en Italia y no tiene planes de vivir en Tarragona cerca de sus padres, no se le conoce novio, ni parece interesada en otra cosa que no sea seguir sus estudios de arte, no da explicaciones. Es libre como él no supo o no pudo ser y, como sabe de sobra que a esta chica loca nada le sorprende, le pide después de cenar que le recite en italiano letras de canciones que a él tanto le gustaban y ella lo hace con gusto, divertida pero no burlona, sin atreverse a decirle al abuelo que lo sabe todo, que todo se sabe. Oye, abuelo, esto suena muy bien, *che colpa ne ho, se il cuore è uno zingaro e va, catene non ha, il cuore è uno zingaro e va, finché troverà, il prato più verde che c'è, raccoglierà le stelle su di sé, e si fermerà chissàe, e si fermerà,* y le dice, vamos a cantarla ahora los dos, y él le contesta, anda, que las cosas que se te ocurren, siempre acabo haciendo disparates contigo, y ella la hace sonar de nuevo en el móvil y va señalándole la letra, las dos cabezas muy juntas, él no atina, se ríen, la repiten, y Leonardo el viejo va torpemente encajando algunos versos. El dedo de la nieta sobre las sílabas en ese karaoke minúsculo y cómplice y el abuelo cediendo el paso a la alegría con la excusa de complacer a esta niña de naturaleza animosa como él era, despierta y valiente, con esas cualidades que no supieron verle cuando era pequeña, pero que ya eran las mismas que le reconoce ahora, cuando se da cuenta de que tiene el suficiente arrojo como para ser fiel a sí misma por encima de lo que opinen sus padres o él.

A la mañana siguiente, día de Todos los Santos, van al cementerio. El aparcamiento junto al frontón de bienvenida donde se indica la altitud de La Sabina está lleno de coches y hay un ambiente de festejo aunque sea el día en que pesan las ausencias. Suben la cuesta hasta el camposanto y van saludando a vecinos, a algunos que no vuelven salvo para esta fecha, a otros que Leonardo ya no recuerda, que son los nietos o bisnietos de viejos amigos. Se saludan con simpatía, se preguntan por cuántos días van a estar, celebran la mañana soleada, tan diferente, cuentan los mayores, de cómo los días de Los Santos solían ser.

De pronto, veo llegar un coche pequeño que aparca al lado del punto de cobertura, eficaz todavía cuando los móviles no captan la señal. Lo observo a cierta distancia, pero distingo a la joven que sale del coche y estira los brazos: ahí está su melena lisa y castaña, el cuerpo delgado de espalda amplia y caderas anchas. Mi primer impulso es salir corriendo y echarme en sus brazos pero algo me paraliza, tal vez la conciencia de todo este tiempo indefinido y extenso en que no he sentido nostalgia, en que ella desapareció de mi memoria y no he tenido remordimientos.

Siento la presencia de Emma detrás de mí, como cada vez que me enfrento a una situación que puede desconsolarme.

—Mírala —le digo—, es mi madre. Ha venido al fin.

Emma se agacha, se pone a mi altura y me susurra al oído:

—No, Julieta, ella no es tu madre: eres tú.

Al darme cuenta de que está en lo cierto, tengo la impresión de que pierdo peso y quisiera caer al suelo, aferrarme a la tierra, pero estoy flotando. Mis pies no tocan el suelo.

—Eres tú —me dice tomándome con firmeza el brazo—. No tengas miedo.

Me sacude con un temblor. ¿A quién pertenece entonces lo vivido, de quién es todo lo que observé, el tiempo vigilante, los secretos que me fueron dados, lo que he aprendido, lo que hice por olvidar? ¿A dónde ha ido a parar todo eso? ¿Quién es esta que creía ser yo, que mira y piensa, que escucha y calla? ¿No son los demás conscientes de mi presencia?

—Dime la verdad, ¿estoy muerta?

—¿Muerta? ¡No! No, lo que ocurre es que estás a salvo, ¿lo entiendes?

Decido seguir a esa chica que carga una mochila pesada a su espalda. Sube, sin embargo, con energía deportiva la cuesta que conduce al cementerio. De vez en cuando, se detiene a mirar el panorama cada vez más amplio que se contempla desde allí.

Vuelve la cara para admirar la aldea y algo parecido a una sonrisa se le dibuja en el rostro. Se parece a mi madre, pero no, no es mi madre. No es tan guapa, ni tan confiada, esta chica tiene una reserva que guarda en el centro del pecho, y si es guapa no lo sabe o no le importa. Tampoco camina igual. Mamá movía las caderas, siempre había en ella una voluntaria coquetería, en todos sus gestos, aun sin pretenderlo había algo sensual, sofisticado. Pero la chica anda con las piernas ligeramente abiertas, posee una fortaleza física un tanto rígida, es deportista, podría emprenderla a patadas con quien quisiera, pero su mirada responde a una persona asustadiza y vulnerable. Entra en el cementerio y camina hasta una de las lápidas en las que un viejo y su nieta colocan unas flores. Julieta los saluda tímidamente y ellos se vuelven, la miran sorprendidos y entonces Virtudes, franca y sin reparos, se echa en brazos de su amiga, la reconoce como tal a pesar de esa década que las ha convertido en mujeres.

Virtudes acompaña a la amiga a cumplir el propósito para el que ha viajado a la aldea. Bajan las dos hasta la acequia donde tantas veces Guillermina jugaba de niña y creen ver al sapo bufo que observaba a Julieta entre los hierbajos aquel verano de paseos vagabundos. Será un hijo de aquel sapo, piensa, sabe que ha de protegerse de los juegos de los niños que llegan en fiestas y teme ser víctima de un experimento cruel. Deja la mochila en el suelo y saca el bote de las cenizas. No es un bote historiado, es una lata poco pesada que compró en una tienda de cacharros antiguos de cocina, un recipiente para legumbres, quién sabe. Lo abre y lo vuelca aquí y allá, sobre los juncos y el agua. Cuando algún hortelano abra la trampilla el cuerpo en cenizas de su madre llegará hasta el huerto de los manzanos, que ya no tiene manzanos, porque nadie los ha cuidado. Sonríe pensando en aquel verano en que su madre y ella bromeaban sobre su condición de propietarias. Ahora es ella quien posee la casa y el huerto baldío. Su duda, sin ironía, es si alguna vez podrá ser dueña de su pasado. Enjuaga el bote en el lavadero, lo deja en la entrada, con la certeza de que alguna vecina le dará uso, y echa a andar con Virtudes por las calles de la aldea. ¿No quieres entrar en tu casa?, le pregunta la amiga. Siento un estremecimiento. No, hoy no, responde. Es probable, pienso, que tenga miedo de encontrarse a sí misma, a la que fue entre esas paredes en las que se quedó su infancia.

Leonardo ha preparado unas gachas. El pueblo huele a comida, al aroma indefinible de la harina hervida, al guiso de conejo que ha de hacerlas sabrosas, a bacalao frito, a pimientos, a la salsa de tomate y al ajoaceite. Son varias las vecinas que rodean al viejo Leonardo, que ha puesto la gran olla de cobre en el suelo y con un palo enorme de madera remueve con destreza la harina hervida y apelotonada. Va cayendo en los platos como si fuera engrudo y sobre la masa los vecinos vuelcan los guisos y las salsas que la suavizarán y le darán carácter. Milagros está sentada en una de las sillas de plástico y su mirada remota vuelve en sí cuando le ponen el plato delante. Julieta se sienta entre todas ellas como si diez años no fueran nada y pudiera convertirse de nuevo en la criatura tímida, algo encorvada, esquiva, que encontraba calor en aquellas mujeres. Si Guillermina las rechazaba por sentirse juzgada, Julieta busca calor, aunque prevalezca su tendencia a la reserva y al silencio. Son parcos los comentarios que le hacen sobre su madre, los suficientes para que ella sepa que estaban al tanto, que siempre habían comentado, que alguna diría que se veía venir, y que lo sienten, le dicen de corazón porque de veras lo sienten, sin recrearse en el pésame porque eso podría interpretarse como una curiosidad malsana, le expresan su pena tomándola fuerte del brazo, como si nada de lo que hubiera ocurrido pudiera cambiar el lazo que las une y menos una muerte que se supone consecuencia de una mala vida.

Virtudes levanta el vaso de sangría en señal de brindis a su amiga y Julieta ríe al fin, se acuerda de cuando aquella niña se emborrachó ante el estupor de sus abuelos, y agradece que la amiga cubra con esos humorísticos recuerdos de infancia esos otros sórdidos que la convierten en el centro inevitable de atención. No, Julieta no entrará en la casa, cómo va a dormir sola en aquel dormitorio del que salió una mañana a su pesar. Decide quedarse esa noche con Virtudes, y las dos vuelven a la misma habitación que sigue decorada para niñas de otro tiempo, para el niño muerto, para la madre de Virtudes, para los que vengan. En la aldea nadie cambia decoraciones ni compra lo innecesario. Si en aquellos días en los que Julieta siente que está contenida su niñez se desnudaron al calor de la estufa de abajo, ahora lo hacen rápido en el cuarto, desafiando el frío, sin quitarse los calcetines. Julieta se vuelve de espaldas para que su amiga no le vea los pechos. Tiene vergüenza de sentir vergüenza. Esos viejos sentimientos de rechazo hacia sí misma se han perpetuado y aún no ha sido capaz de desembarazarse de ellos y sentir placer.

Ahora están a oscuras, la luz de la farola ilumina el cuarto y se oye el canto de la lechuza, puede que sea la misma de entonces, puede que Emma, la mujer rubia, esté en algún lugar del monte escuchando lo mismo y echándola de menos. Julieta ve a su amiga de pie, en camiseta y bragas, junto a su cama. ¿Me dejas dormir contigo? Julieta se queda desconcertada, pero la amiga no espera y se acuesta a su lado. No te mees, le dice Julieta, y gracias a aquellos simples recuerdos que a Virtudes no le provocan sonrojo alguno sino risa se rompe el hielo. Virtudes, la chica de complexión fuerte y natural generoso, va abriendo el corazón de su amiga con cautela, con la prudencia con que uno se acerca para acariciar el lomo de un animal herido. Julieta se deja llevar, con una entrega que no conoce en sí misma, y según va contando, a veces echa un ovillo, otras, sentada en la cama, siente que el peso de su historia se aligera. Las veo en la penumbra, recortadas sus figuras en el marco de la ventana. Estoy sola en un rincón del cuarto tocando el gotelé de la pared para no desvanecerme. Emma no me acompaña en este trance, así que me mantengo a distancia. Las oigo hablar bajo las mantas y de vez en cuando distingo una frase:

—Sólo merece compasión —dice Virtudes.

Y entonces, Julieta se levanta, se queda de pie sobre el frío de las baldosas que hiere a pesar de los calcetines de lana, el frío húmedo del otoño, y esa sensación de malestar físico la protege, como siempre, de lo que ella siente como dolor verdadero.

—¿Es que no te das cuenta? —dice Julieta con la desesperación de quien nunca ha sido escuchada o entendida—. Ella quiso meterme en la boca del lobo.

Virtudes se levanta y la abraza. Julieta tirita entre sus brazos. Con suavidad Virtudes la conduce de nuevo a la cama, la envuelve en sus brazos hasta casi hacerla desaparecer. Se oyen sollozos en un primer momento, luego una especie de arrullo y algo parecido a un ronroneo. Se están besando.

La nieve cruje como pan caliente
y la luz es limpia como la mirada de algunos
    seres humanos,
y yo pienso en el pan y en las miradas
mientras camino sobre la nieve.

ANTONIO GAMONEDA

Son tímidos y se inquietan cuando se sienten observados, pero siguen ahí, acechantes. Mira qué fácil es seguir sus huellas sobre la nieve. Cuando crees que todo ha muerto, ahí, ante tus ojos, tienes la prueba de que hasta la aldea se acercaron a primera hora de la mañana la zorra, el conejo, la liebre, el gato montés. Anduvieron a sus anchas, fisgando en un corral o en otro. Algún gato insensato sintió el aliento de la muerte en el pescuezo, pero se apresuró a colarse a tiempo por la gatera. Incluso el tejón, tan tímido y escrupuloso en no dejar rastro el resto del año, ha imprimido el dibujo de línea clara de sus pasos. La almohadilla y esos cinco dedos bien hundidos del tejón, que marca el territorio con la contundencia de un oso. Allí están las pisadas astutas de un zorro que andaba de cacería; aquí, las de una liebre veloz, siempre en vilo por su propensión a ser cazada. Algunas veces las huellas de uno y otra se entrecruzan, se persiguen, se emborronan al fin, como si hubiera habido una persecución violenta hasta acabar en el festín del depredador. Puede que la mancha de sangre de la liebre esté bajo el roble, porque aunque ésta tuviera la astucia de mudar la pelambre de blanco para pasar desapercibida, la zorra olió su miedo y le dio caza.

Miras desde la ventana y te parece que la vida ha quedado en suspenso, que nada sucede, que todo yace inmóvil como bajo una lápida, y, sin embargo, este tiempo sin tiempo te ha hecho más sagaz que un felino, y sabes bien que la vida sigue su curso, aunque sepultada, que debajo del manto blanco la tierra aún esconde semillas, hierbajos, gusanos, bichos sin nombre, que los pájaros de colores vivos se empeñan en rebuscar y encuentran. Distingues a los bichos gatunos, a los sigilosos, a los que van por la vida de puntillas de esos otros que más se nos parecen y que marcan la huella completa de sus pies. El rastro más precioso a observar es el de las aves, que festonean la superficie de la nieve como si bordaran una sábana blanca.

Una mañana distingues una mancha naranja y escuchas el canto melodioso del petirrojo, otra, la canción del mirlo, o te asombras ante la viveza del carbonero, que hunde el plumaje amarillo de su pecho en la nieve en busca de un tesoro. Parecen delicados por su belleza y su tamaño de pajarillos enjaulados pero están preparados para sobrevivir en el infierno.

Tú creías que la vida se había marchado a otro sitio por no sucumbir bajo este frío, pero has aprendido a prestar atención y sabes que todos los habitantes, sean de la especie que sean, se encuentran la mayor parte de la jornada refugiados en su escondrijo, esperando a que un día milagroso la luz dé la señal para desperezarse, o tozudamente dormidos hasta mayo como el lirón.

Una tormenta de nieve con nombre de mujer mantiene a todos los vecinos en sus casas, hombres y mujeres. Huele a leña quemada. Es el único aroma que sobrevive en esta naturaleza paralizada por el frío de cuchillo, el olor hogareño que sale de tan sólo unas pocas chimeneas, no más de diez, las de unos vecinos irreductibles que no contemplan la posibilidad de marcharse con los hijos en invierno a la ciudad. No queda más que hacer que comer lo conservado, ver la tele si no se corta la señal, tener la radio de fondo por la pura necesidad de escuchar la voz de otros seres humanos, concentrarse en las labores, leer alguna novela, sestear y recordar. Recordar es la actividad más recurrente del invierno.

En ocasiones la niña disfrazada de Virgen desciende de su foto enmarcada y recorre la casa sigilosa, descalza, trazando de vez en cuando los pasos de baile que debía de imaginar que trazaban las niñas santas saltando entre las nubes. A veces la veo subida encima de la mesa de la cocina, otras, frente al espejo de luna ensayando poses de santidad, o al otro lado de la ventana, en la calle, mirándome fijamente, sin sentir el frío en su pequeño cuerpo apenas cubierto por la túnica blanca, correteando con los pies descalzos sobre la nieve, convirtiendo la nieve y la piedra de la aldea en un decorado de portal de Belén hecho de corcho, musgo y porexpán. De vez en cuando llora, y entonces sé que está oculta debajo de la cama. Al final de su vagabundeo vuelve siempre a su foto colgada en la pared, y ahí puedo observarla en sus diez años recién cumplidos, en la última función escolar en la que participó en Ademuz. Posa con los brazos abiertos y mirando un poco hacia arriba, como poseída por la fe, como le fue dicho que actuaba una niña que aunque acabe albergando en su vientre al Niño Dios seguirá siendo virgen. El colorete en las mejillas más bien parece las chapetas de una niña febril y el rojo en los labios es incongruente, como anticipando el disfraz sexy de Madonna con el que acudiría al colegio de Valencia sólo dos años más tarde. Yo prefiero verla inmóvil, tras el cristal, la siento así más protegida; en sus vagabundeos a la intemperie me ensombrece el ánimo una desgracia que presiento, que ahora sé que fue labrándose lentamente a lo largo de su vida.

Hay recuerdos que no hemos sabido abordar, pero que el silencio de la nieve agita en la memoria de Emma hasta tal punto de ser su mirada quien habla por ella. Observamos las dos el espacio que hay entre el pajar y las casas de la aldea. Es una hondonada que en primavera se tiñe de verde y que marca una distancia de no más que un pequeño paseo. El pajar está en alto y parece un observatorio desde el que se distinguen las idas y venidas de las vecinas, esas mujeres con las que ella siempre anda enredada en una guerra sorda. Su antiguo novio, aquel con el que vino a experimentar la vida natural, trajo consigo un telescopio, porque además de mirar la tierra estaba en sus planes observar el cielo. Pero duró poco el afán astronómico, fue tan fugaz como el amor, y ahí se quedó arrumbado el aparato en el patio. Las personas perezosas ponen toda su energía en comprarse el equipo para esos hobbies a los que parecen decididos a entregar su ocio, me dice Emma, pero la fantasía se diluye en cuanto se enfrentan al hecho de que usar los nuevos juguetes también es un trabajo. Él se tumbaba a la caída de la tarde en la hamaca al lado del telescopio, con una cerveza en la mano, y me decía que lo sensato era comenzar por la observación directa. Yo me empeñaba en creer o en disculpar semejante bobada.

Se burlaba de mí porque me compré unos anteojos, pero la realidad es que al final los usábamos los dos para averiguar si aquella mañana había llegado el médico a pasar consulta, si el cartero andaba llamando a los interesados desde la entrada del pueblo o si la furgonetilla de los congelados estaba aparcada un jueves más en el frontón. Nos acusábamos el uno al otro de cotillas, cuando la pura verdad es que a los dos nos gustaba espiar los ires y venires de esos vecinos con los que todavía no habíamos cruzado más de dos palabras. Ya al llegar septiembre salían las mujeres a hacer tareas enfundadas en batas de boatiné de colores vivos, rosas o azules, que se ponían encima de la ropa, como si fuera un abrigo. Con el cuerpo embotado bajo tanta ropa parecían globos que flotaban sobre el terreno. Me decía él que por qué no me animaba al boatiné, que el boatiné podía ser una manera rápida de integrarme. Nunca llegué a entender si lo suyo era ironía o desafío. Yo tenía previsto pasar el invierno con mi parka marrón, mi gorra orejera, mis botas camperas.

Luego vino el frío en soledad, que es más hiriente, la extraña manera en que Leonardo entró en esta casa y se convirtió en mi consuelo, el enredarnos tan ciegamente aunque él no estuviera hecho para mí ni yo para él. Andábamos medio locos, no teníamos prudencia, al contrario, era como si el deseo nos hubiera vuelto egoístas y temerarios. Parecía que estábamos buscando el que alguien nos descubriera o, al menos, nos divertía esa clandestinidad tan precaria. Cayó entonces la nieve, una nieve como ésta, cubrió la hondonada y yo me quedé aquí, aislada, sin poder ir al instituto ni entrar de paso a verlo en el horno al amanecer. Aquella tarde me asomé a la ventana con los anteojos y vi unas pisadas hondas de hombre en la nieve. Supe que era él antes de que oyera sus pasos en la puerta. Quién si no se arriesgaría en el valle vacío a pisar el manto de nieve helada para venir a esta casa que no conduce a ninguna parte. La puerta se abrió y lo vi tapado hasta los ojos, como si volviera de la guerra. Nos abrazamos, le quité la ropa de abrigo y la coloqué frente a la chimenea. La casa estaba caliente y nosotros también. La leña ardía y la estufa ayudaba a expandir el calor hacia arriba, con esa pared gris de hormigón que no habíamos tenido la voluntad de pintar porque el amor o lo que fuera aquello nos interrumpió la obra. La tarde se cerró pronto, a eso de las cuatro ya parecía de noche. Seguía nevando y nosotros, insensatos, habitábamos nuestra nave ajenos a las vidas de las que formábamos parte.

A Virtudes no le habían hecho falta anteojos para ver a su marido avanzar sobre la nieve. Ese rastro de pisadas fue la confirmación de otras pequeñas huellas que ella había ido siguiendo desde hacía varios meses. Sentada al lado de la cama del niño, sentía el transcurrir de las horas por el sonido metálico y machacón de las agujas del reloj. Si hubiera podido centrarse en el despecho, en el dolor que le provocaba la infidelidad, como le hubiera ocurrido a cualquier mujer traicionada, tal vez todo hubiera sido menos violento, pero no pudo, porque a su criatura le faltaba el aire, a cada respiración el pecho se le hundía hasta marcarle las costillas y a cada rato le subía más la fiebre. Ella no concebía pensar en algo que no fuera la necesidad de que el marido volviera pronto y se lanzaran a la carretera antes de que helara y ya quedaran por completo aislados. Tomó a la criatura en brazos y lo sumergió en el agua fría de la bañera. Es tal vez el recuerdo que más la atormenta: haber hecho sufrir de aquella manera a su niño sin que ese martirio sirviera para nada al final. Sentía al chiquillo temblar en sus brazos y mirarla con los ojos desorbitados de tan abiertos: no podía entender por qué su madre lo sometía al frío cuando lo que él buscaba era acurrucarse, perder ese temblor que le sacudía y sentir que el aire le llenaba de nuevo el pecho.

Puede que fueran tan sólo las ocho de la noche cuando Leonardo regresó, una hora que en la ciudad invita a echarse a la calle, una hora temprana en las aceras iluminadas para comenzar una aventura y emprender la búsqueda de otro ser humano que sirva de compañía para una noche o una vida. Eran sólo las ocho en este monte en el que la nieve había ocultado el camino y ninguna máquina quitanieves iba a acudir a despejar la carretera. Suele decirse que esta gente aguerrida está acostumbrada al aislamiento y a la casi hibernación, como los tejones, los lirones, las ardillas, los erizos o las marmotas. Puede que sea la excusa perfecta para ignorar que existen.

Ya no volvieron a sumergir al niño en el agua fría. Al contrario, lo envolvieron en mantas y se acostaron a su lado tratando de calmar las sacudidas de tos con agua y con vapores. Padre y madre daban calor al cachorro con su aliento, como los animales hacen con sus crías. La niña chica también se acostó entre ellos. Cuando se abrió la mañana y emprendieron el costoso camino a la ciudad, obligados a una prudencia irritante, no había palabras que llenaran el espacio limitado del coche. Leonardo, abrazado al volante, avanzaba metro a metro, y Virtudes abrazaba a su criatura en el asiento trasero, viendo cómo el rosado de las mejillas se le iba amoratando.

Emma se retira los anteojos de la cara y dice, «y así fue, y me cargaron a mí con el muerto». Yo me levanto, sobrecogida por la frase, y le advierto de que no puede hablar así, que es feo y cruel y sórdido. A veces me parece una mujer odiosa. Sin decírselo la estoy amenazando con desaparecer; le hago saber con mi enfado que podría, si quisiera, no volver a su lado, que mi presencia es voluble, que puedo existir sin ella como he aprendido a existir sin mí. Le tiembla la cara, ha perdido su habitual frescura y parece que poco a poco se marchita. Da pena. Habla para sí, pero también para mí.

Pero dime: ¿es que hay una manera mejor de expresarlo? Resulta que te enteras de que alguien ha muerto porque escuchas las campanas de la iglesia. No sabes por quién tocan, pero los ves a todos ellos camino del cementerio, a los hombres portando el pequeño ataúd blanco. Va detrás Virtudes, doblada de dolor, sosteniéndose en pie gracias a los brazos de las vecinas, y Leonardo al final de la pequeña procesión, ausente, solo, como un pariente lejano y esquivo. Y yo no puedo ir al entierro, no puedo dar el pésame ni acercarme a las casas porque me han sentenciado. No es que alguien me haya dicho que tengo prohibido asistir. Nadie me lo ha prohibido, ni tan siquiera él, pero sé que estoy excluida de ese dolor, que no tengo derecho a sumarme al duelo. Ni tan siquiera Leonardo aparece por aquí para contármelo.

La nieve se ha derretido, y ya no hay huellas que puedan delatarlo, pero él ha comprendido de pronto que desde un primer momento lo estuvieron observando, aunque él creyera, iluso, que podía tener una aventura, como cualquier hombre de ciudad que a tres paradas de metro ya está inmerso en otro mundo. No, él ha sido vigilado de lejos y de cerca desde aquella noche en que subió a librarme de la zorra parturienta. No ha habido encuentro que no fuera presenciado o intuido por alguien. Así que ahora comprende que ha de volver al redil, que ése será su consuelo y su castigo, ser el padre de la hija que le queda y el marido que era antes de que llegara yo a trastornarles la vida. Ya no importa cuáles fueran sus deseos, esos sentimientos han quedado anulados por la culpa. Y es precisamente el remordimiento de donde sacará fuerzas para cumplir con su obligación y no desviarse jamás de su camino.

Cualquiera de esos paisanos que los acompañan en el dolor puede comprender que un hombre se rindiera a la tentación de una mujer que se le ofreció así, de manera tan directa, a la segunda vez de acudir él a la casa. A través de mis anteojos puedo adivinar no ya lo que dicen sino lo que piensa cada uno de los que caminan en la procesión.

Dejo pasar unos días antes de decidirme a actuar. Quiero que me diga adiós a la cara, que tenga el valor de despedirse, quiero decirle yo, si es que él no se atreve a hablarme, que por mí no se preocupe, que me voy, que dejo mi pajar, abandono esta vida absurda que otro inventó para mí, y así se quedará libre de culpa, sin sobresaltos, ya puede mirar al monte sin imaginarme en cada uno de los rincones en los que nos hemos ido encontrando.

Bajo la cuesta del pajar, difícil ahora por el barrizal odioso en que se ha convertido la nieve derretida, atravieso la hondonada como si en cada paso pudiera verme tragada por arenas movedizas, y voy hacia el horno ensayando las palabras que voy a decirle. He visto la luz de la ventana desde lo alto. Son las seis de la mañana y es la única oportunidad que me queda de acercarme a él. Tengo derecho a que se despida de mí, no puede negarme la palabra como hacen los demás. Con su silencio me está acusando de haberlo apartado de su niño cuando éste estaba cerca de la muerte.

No es de noche ya, ni de día aún, me veo a mí misma como un animal desesperado que bajara del monte para buscar comida. Yo voy hacia el pan caliente con ansiedad y angustia. Cómo puedo imaginar que ella me vigila desde su ventana, cómo sospechar que en este silencio de muerto hay todavía ojos para espiarme. Yo también soy idiota, soy ilusa, me guío por un impulso. Empujo la puerta del horno como tantas veces hice y asomo la cabeza. No hay rastro de aquella sonrisa pícara que se dibujaba en mi rostro al verlo, sólo una mirada interrogante: ¿puedo pasar? Él asiente con la cabeza. Tampoco suena la música que, como una señal, creaba un ambiente como para arrojarnos el uno al otro en aquel claustro materno, después de que él pusiera, prudente, una tablilla en la puerta para impedir la entrada de no se sabe quién a esas horas. Hoy se olvida de la tablilla o tal vez no se olvida sino que ya no la cree necesaria. No hay asomo de amor en él, parece que se ha esfumado, lo ha perdido. Ya no me arrastrará hasta el cuarto trasero donde almacena el material ni me invitará a tumbarme sobre las mantas. Queda clausurado el tiempo en que pasábamos un frío mortal en la barraca o en que nos sentíamos protegidos en el horno, con el calor bendito del pan que ascendía desde bien temprano al suelo de la escuela. Ya no hay hijo en la escuela al que calentar. El hijo amado. Con la muerte del niño se han vuelto ridículos todos aquellos bailes apretados de canciones románticas, arrebatadas, que aumentaban nuestro deseo y acababan siempre con nuestros cuerpos en el suelo, frío o caliente, a la intemperie o a resguardo. Tras la muerte todo se ha vuelto patético. Y, por desgracia, ese futuro en el que podremos tenernos compasión, y admitir que sí, que nos amábamos o algo parecido, tardará en llegar.

Él me habla torpemente, me relata sin detalles lo ocurrido mientras trata de seguir con sus tareas con la voluntad de negar cualquier sentido íntimo a mi presencia. Abre la puerta del horno, da vueltas al volante hasta que encuentra lo que busca en la plataforma y mete la pala con destreza para sacar las madalenas. Las rutinas no se abandonan: hoy es viernes. Las Virtudes salen ordenadas primorosamente sobre la llanda. Pero la energía del panadero se agota en ese intento y la bandeja de las madalenas se queda ahí, extrañamente dispuesta en la entrada del horno entreabierto. Leonardo se lleva la mano a la frente para esconder el rostro porque está gimiendo. No llora, no quiere llorar o no puede, es un sollozo seco que le sacude el pecho.

Me acerco a él y nos abrazamos con desesperación, no con deseo, no hay lugar para las caricias equívocas, sólo existen el dolor y una flojera en los músculos, que nos ha transformado en dos seres amorfos, hechos como de la masa húmeda del pan.

Cuando consigo dominarme y hablar le cuento mis planes. Primero, le comunico, me bajaré al pueblo, a vivir en la pensión hasta que acabe el curso, y antes de marcharme definitivamente vendré a recoger mis cosas. Pero me escucha sin escucharme, ausente, desinteresado. Y a ese desinterés respondo con preguntas que están fuera de lugar y que sé que ahora mismo le hacen daño; le pregunto si piensa que lo nuestro hubiera tenido futuro de no haber ocurrido esto, si cree que algún día volveremos a vernos, si podremos encontrarnos pronto en algún lugar seguro. Mi voz suena a súplica. Me cuesta confesarlo ahora, pero entonces fue como si no llegara a entender que la hondura de su dolor le empujara a excluirme, que no le quedaba otro remedio que tratarme como a una extraña.

Sé que cada pregunta le hiere, pero no puedo evitarlo. Necesito que me reivindique de alguna manera, que me diga lo que he supuesto en su vida, que al margen del dolor por el niño admita que me quiso y que ese amor no ha tenido nada que ver en este desenlace. Pero nada queda ya al margen de esa muerte.

Yo sólo necesitaría un pequeño reconocimiento para salir de aquella cueva con dignidad. Él me pide perdón, me pide perdón por algo que no acierto a comprender, y no sabe ni quiere responder a mis preguntas. Le tomo las manos, sus manos grandes, suaves, ahora sudorosas por la emoción. Todo él desprende sudor, el cuello, la frente, y el rostro empalidecido; esa boca larga suya, la fina cuchillada que le cruza la cara, dispuesta siempre a la broma o a la risa, está ahora dibujada hacia abajo. Es la cara de un hombre al que no conozco. Me acerco a besarle los labios, pero no hace ademán de corresponderme: beso una boca inmóvil.

Y así estamos, muy cerca el uno del otro, tratando yo de encontrar algún signo de complicidad en su mirada, cuando se oye a alguien que se acerca al otro lado de la puerta.

—¿Es la puerta que siempre se abre de un golpe en tu recuerdo?

—Sí, el golpe de alguien que la abre de par en par de una patada.

—¿Virtudes?

—Yo sé que es ella, aunque me quedo paralizada y no me vuelvo, sólo veo el gesto aterrorizado de él y unas palabras que apenas pueden salir de su boca.

—¿Qué es lo que dice?

—Se dirige a ella y dice, ya se iba, tranquila, ya se iba. Sólo ha venido un momento a despedirse.

—Y tú, ¿qué haces entonces?

—Me muevo procurando no encontrarme con la mirada de Virtudes. Tomo de la silla la parka y el gorro y con ellos en la mano busco la manera de salir esquivando ese cuerpo sin rostro que me impide el paso.

—¿Virtudes no dice nada?

—Sí, está cada vez más cerca y me insulta sin gritar, me insulta entre dientes.

—¿Qué dice?

—No puedo recordarlo. Sigo con la mirada fija en el suelo, pero esa voz que no parece la suya me da miedo. La claridad del día entra por la puerta abierta y ya sólo pienso en salir de allí cuanto antes. Tengo ante mí los cuerpos de los dos, ella acortando la distancia conmigo y él tratando de interponerse entre nosotras, pero sin atreverse demasiado. Entonces es cuando siento el golpe seco de la mano de ella sobre mi pecho, empujándome con una fuerza brutal que no cesa hasta que me derrumba de espaldas sobre la llanda. El filo ardiente del acero se me hinca en la nuca y las madalenas me abrasan el hombro. Es como si me estuvieran marcando como a un ternero. Pero no recuerdo más. No soy consciente de lo que ocurre desde ese momento, no me siento desvanecer, cuando abra los ojos estaré ya en mi cama, boca abajo, con la espalda desnuda y sintiendo que alguien me cura la herida.

—¿Quién es?

—En un estado de semiinconsciencia creo que es Leonardo el que me limpia el corte, el que me aplica algo que siento como un ungüento muy denso y después me cubre con una gasa. Escucho cerca, en mi oído, una voz masculina diciendo, no te puedes poner de lado, te voy a dar el calmante y el somnífero para que no te muevas. Es importante que no te des la vuelta, ¿entiendes? Lo entiendo, y aunque quisiera no podría moverme porque el dolor me paraliza. Pienso en que si la herida ha logrado que él esté a mi lado todo ha merecido la pena. La voz de hombre le está explicando a otra persona, tal vez una mujer, cómo ha de limpiarme la carne abierta: desbridarla para que no gangrene, untar la crema y cubrir la herida y más allá de la herida para que la infección no se extienda.

Tengo un sueño recurrente: estoy en el cementerio, ante la lápida del niño muerto, y soy yo la que recibe el pésame de los vecinos. Me siento mecida entre la pena y el placer de ser yo quien es compadecida.

Tengo alucinaciones: vuelvo la cabeza y veo a Virtudes curándome, con el rostro grave, en silencio.

Más tarde sabré que no eran fantasías de la fiebre porque fue ella la que me curó más de una vez,

179

hasta que dejé de estar inconsciente y dejó de venir. Leonardo, en cambio, nunca estuvo, de sobra sé que nunca estuvo. Sólo ella y el médico que andaba haciendo el MIR en las aldeas y que de vez en cuando me susurraba al oído si quería hacer una denuncia. No entendía muy bien a qué se refería. No me cabía en la cabeza que yo pudiera denunciar a las mismas personas que me estaban curando. Tampoco recordaba la agresión, ni el momento siguiente al golpe, no llegué a saber cómo el matrimonio se las apañó para llevarme hasta el coche y subirme al pajar. Nadie ha llenado ese vacío en mi memoria. Pero sé que ella vino las primeras mañanas, que me hizo las curas, y que poco a poco, como quien alimenta a un animal desahuciado, me fue acercando a los labios un vaso de leche caliente con una pajita para que pudiera beberlo boca abajo. Cuando ya, despierta mi conciencia, supe quién era mi cuidadora traté de fingir que dormitaba. Ella me aplicaba las curas con cuidado, casi diría que con mimo, silenciosa siempre, pero si se me escapaba algún gemido, pedía casi en un susurro disculpas. Dejaba un olor acre tras de sí, el de la celidonia que me aplicaba con un bastoncillo hiriente sobre la misma carne abierta y que aliviaba el escozor pero casi me hacía vomitar.

Empecé a ser consciente y a agradecer las visitas de Andrés, el médico, que no dejaba de advertirme de que si la herida no sanaba deberíamos ir al hospital y él debería dar explicaciones por no haber dado parte en su momento de cómo se había producido. Pero la herida fue poco a poco secándose, el dolor se transformó en un picor insoportable que presagiaba la curación y él acabó por entender que jamás delataría a quien me asestó aquel golpe que podría haberme matado si me hubiera dado en la nuca pero acabó marcándome para siempre el filo ardiente de la llanda en el hombro. Puta, es lo que me dijo, más que puta, que no tienes vergüenza, tú con éste, otro que tal, y mientras, mi niño muriéndose. Maldito sea el día que viniste al pueblo para arruinarme la vida. No son palabras que desee repetir porque además de no hacerme bien a mí, no le hacen justicia a ella.

Gracias al tiempo que ha pasado, pero sobre todo a ti, Julieta, que me has hecho dudar de mi rencor hacia ella, sé que la herida no se va a cerrar nunca. ¿La ves? No es la quemadura de aquel metal al rojo vivo lo que la mantiene en carne viva sino la cobardía de él, del hombre que debía haber tenido el valor de auxiliarme mientras estuve inmóvil boca abajo. Es ahora, ya enterrada esa pobre mujer, cuando me arrepiento de no haberle apretado la mano, que cada día me ponía en los labios un vaso de leche, de manzanilla o un caldo, para mostrarle mi gratitud.

Todo se comprende tarde. Tarde comprendí que siempre elegía mal a los hombres porque soy una impaciente, una precipitada. Lo pensé un anochecer, ya tumbada de costado, con el médico, Andrés, ofreciéndome caladas de su cigarrillo y contándome por qué había elegido hacer el MIR en estas aldeas perdidas de Dios. Yo ya me había fijado en él, lo había visto frecuentar la aldea aquel verano en que llegamos y empezamos a renovar el pajar. Al principio acudía acompañando al médico de la comarca a la sala del teleclub donde reunían a los ancianos; luego, cuando se familiarizó con los pacientes, volvía solo.

Tendrías que verlos, me contaba, se sientan en círculo, todos con la boina calada, algunos apoyada la barbilla en la garrota, como si fueran miembros de una tribu, atentos y respetuosos ante el chamán. No permiten que los vaya atendiendo de uno en uno en un cuarto aparte, porque aseguran conocer de sobra todas sus miserias como para andarse con remilgos. Asistir a la toma de tensión del vecino les distrae mucho y se emocionan como niños comparando los resultados. Los que han sobrepasado los ochenta años en estas condiciones de frío y de casi nula asistencia médica llegarán, casi seguro, a centenarios: han superado sarampiones, varicelas, gripes y gastroenteritis, nada los ha rendido; tienen las piernas enjutas de tanto trajinar del campo a casa; la piel se les ha acartonado con el frío, del calor se protegen más, son sabios y saben que es más traicionero. No suelen morir de infarto. Ni de obesidad. No padecen una angustia que los desgaste. No sufren depresión sino tristeza, no tienen euforia sino alegría. Soportan el dolor de las articulaciones con resignación y viven con dignidad hasta el día en que dejan de tener hambre, cosa que consideran la primera señal del declive, o cuando ya no pueden caminar por sí solos para ir a tomar el sol con sus compañeros de banco. En su actitud de conformidad ante la cercanía de la muerte no están lejos del animal que cuando se siente languidecer se arrincona, se queda inmóvil y espera sin rebelarse el último aliento. Eso es lo que me trajo aquí, quería observarlo de primera mano y escribir sobre ello. Y en esto me encuentro contigo.

Fueron bastantes los anocheceres en los que Andrés se acercó a verme. Primero, para evitar que pudiera infectarse la herida, pero luego, porque nos fuimos entendiendo. La soledad favorece, ya lo sé, extrañas compañías. Acabé contándole mi historia con Leonardo, aunque me confesó que a estas alturas era conocida de sobra por todo el mundo. Todo el mundo en el Rincón, le dije, ¿de cuántas personas estamos hablando?, ¿mis alumnos también están incluidos?

En ningún momento me quejé de Leonardo, porque los hombres, aun siendo de la misma estirpe del faraón, tienden a salir huyendo si te consideran rara o problemática, ¿entiendes?

En cuanto me pude levantar, tomé los anteojos y me entretenía por las mañanas siguiendo los pasos de las mujeres, que salían ya de casa sin la coraza de la bata de boatiné. Sentía el alivio de un tiempo que parecía estar quedándose atrás. Lo observaba a él, a Leonardo, fumarse un cigarrillo al amanecer, cuando ya tendría la masa preparada y algunos panes al horno. ¿Qué estaría pensando el hombre romántico? ¿Habría tirado las casetes de la caja de galletas o las guardaba por si, quién sabe, había otra en el futuro que le ayudara a superar la pena? No soy cruel, créeme, es sólo resentimiento. Había veces en que me parecía que miraba hacia aquí. Yo encendía la luz y la apagaba, para que lo entendiera como una señal. Una luz intermitente en la montaña. Me costó comprender que sentirse culpable por la muerte del niño lo apartaba de mí. He sido así de bruta. Conmigo podría haberse desahogado, pero quién sabe si lo que busca un hombre en mí es la confianza. Hablar, hablar, eso es más difícil que echar un polvo. De sobra sé que Leonardo y Virtudes no hablarían nunca de la muerte del niño, tampoco de mí, jamás compartirían su pena para poder afrontar la soledad en que se quedó encapsulado cada uno.

Yo veía a este Andrés que siguió visitándome sin tener ya por qué una vez que estuve fuera de peligro; veía al joven médico fumar, beber, hacer bocadillos para los dos, recogerme luego los platos de la cocina, y no podía dejar de pensar: mira que si me precipité arrojándome en los brazos de un aldeano casado cuando era este individuo el que me convenía. Soy muy ansiosa, detesto estar sola y no tengo reparos en entregarme a un hombre si su compañía me consuela. En realidad, es como si invirtiera tanta pasión en un amorío que ya no llego a saber si me he enamorado o no. Yo me empecino. No mido las consecuencias.

Andrés, qué diría de Andrés. Que no era guapo, tampoco era feo, pero encontraba en él algo extraordinario: movía de una manera muy sexy las manos, como haciendo florituras, era uno de esos hombres que tienen todo el atractivo concentrado en los gestos. Se sentaba con las piernas cruzadas y dejaba caer la mano lánguida sobre la rodilla como una chica, tenía una pluma maravillosa. Y luego que era sensible, claro. Yo lo miraba y no dejaba de preguntarme: ¿Qué es lo que alimentaba mi amor con Leonardo, la clandestinidad? ¿Desearía ser siempre clandestina o lo que deseaba en realidad era lo que tenía una mujer como Virtudes, un marido que me diera hijos y envejeciera conmigo? Puede que yo no sirviera para ese amor de compañeros para toda la vida, puede también que los hombres no me consideraran una mujer de fiar. Miraba a Andrés y pensaba, mira que si al final por no liarme con éste me voy a quedar sola los fines de semana.

Sé que tú también piensas que no soy de fiar y puedo entenderlo. En esta historia en la que hay un niño muerto (cuando aquí ya no hay niños que se mueran), una madre destrozada, un hombre castigado, incluso una mujer que debiera haberse visto acobardada por un golpe que le abrió la espalda, en esta historia con todos los elementos de una tragedia, estoy yo, desafiando el dolor propio y el ajeno, yo soy esa tía tan poco de fiar que, sin haber terminado de sufrir por un hombre, ya está lista para rendirse al siguiente, y resulta que el siguiente también viene a mi casa, que yo no los busco, que se me presentan. Se trata de este joven médico que acude a cuidarme, o a qué coño viene, porque en el catálogo de hazañas heroicas de la humanidad no vas a encontrar a un hombre que haya pasado a la historia por haberse quedado velando a una mujer en el lecho. Qué quiere entonces de mí este tipo que ha venido a las aldeas a estudiar a qué obedece la duración de la vida y cuál es la razón por la que este valle que no conduce a ninguna parte está lleno de abuelos centenarios como las sabinas.

Tú no te fías de mí porque sabes que a pesar del dolor, de lo que humillé a otra mujer y del castigo que en respuesta recibí, logré sobreponerme, y siempre provoca más confianza el que se rinde al sufrimiento que quien lo supera. Mira este recuerdo mío. Estoy en la cama, tumbada de lado, atenta al médico. Lo estás viendo, ¿verdad? Intuyes que mientras lo escucho disertar sobre la longevidad estoy pensando en cuál habrá de ser el fin de esta historia: el hombre que me ha visto gemir de dolor, que me ha asistido sin tener por qué para cerrar la herida, que me ayudó a incorporarme, a dar los primeros pasos, que hizo guardia en la puerta del baño y me ayudó a sentarme en mi lugar de observación, la ventana, este joven que sin juzgar lo ocurrido se puso de mi parte en virtud de unas ideas que lo empujan a no dejar jamás a un ser humano herido sin auxilio, este tipo que me habla apasionadamente de su profesión, tal vez aún no lo sabe, pero cuando los días pasen y las dos orillas de la herida empiecen a acercarse y a cicatrizar caerá en la cuenta de que además de una pobre enferma soy una mujer. No puede imaginar que una tarde hará una pausa en sus relatos de abuelos, que son como los cuentos de los niños antiguos pero con viejos, y se quedará mirándome, me verá de pronto iluminada por la luz invernal del oeste y será consciente de que mi melena es más rubia de lo que imaginaba, percibirá que esta misma mañana me la lavé, que después de este mes viviendo en el infierno moldeé por vez primera mi cabello con el secador y que he sonrojado mis mejillas con colorete, se preguntará en qué momento me he pintado los labios, y si me los he pintado para él. Observará que no es el pijama lo que llevo puesto aunque esté en la cama, que es una blusa que he dejado descuidadamente abierta para que se aprecie el comienzo de los pechos, y que huelo a perfume después de tantos días de estar rendida al sudor y a la fiebre.

Es tan inocente que de corazón piensa que ha sido el puro ejercicio de la medicina lo que le ha traído a mi lado, que todo responde a una vocación que a veces parece cristiana, sin serlo. Y tal vez ésas fueran las razones que le trajeron hasta mí la primera semana, pero después ha venido buscando a esa mujer de la que tanto había oído hablar. Se mesa la barba como si fuera un sabio que aún no acaba de comprender el enigma. Las habladurías me han convertido en un mito, que ha jugado a mi favor y en mi contra.

Es tan ingenuo que no es capaz de reconocer cuáles son ahora sus verdaderas intenciones. Así que debo actuar para que las entienda: sólo tengo que echar a un lado la colcha que me cubre las piernas para invitarle a que se acomode conmigo en la cama. Y eso hace, se tumba a mi lado, con mucho cuidado de que su brazo no sobrepase el hombro donde podría rozar la herida, acerca la mano hasta mi cara para acariciarme las mejillas y la raíz del pelo. Es tanta la necesidad que tengo de sentirme querida que le abro la boca antes de que muestre intención de besarme y me hundo, me hundo en un beso que dura la tarde entera.

No andaban descaminadas las vecinas que veían al médico demasiadas tardes subiendo la carretera de la hondonada y aparcando en mi porche: La que es puta, es puta. Pero no fue por puta, Julieta, te lo aseguro, no era ésa la razón por la que le abrí mi corazón, por decirlo para que tú me entiendas, sino porque la herida que de verdad me provocaba el dolor, la más insidiosa y profunda no era la de la espalda. En el fondo de mi corazón lo que yo deseaba era que Leonardo viera que a pesar de su abandono yo no estaba derrotada, aunque una parte de mí, casi puedo decirte que mi juventud entera, se quedó aquí para siempre. Qué pocos amores acaban sin venganza.

He aprendido a distinguir la música que trepa por el monte. Al principio la confundía con el mismo sonido que brota del bosque, esa mezcla armoniosa en la que confluyen los cantos de las aves nocturnas, el mismo palpitar de la tierra, el viento que se cuela entre los árboles, las hojas que chocan entre sí, el crujir seco de la madera o el aliento de tantos animalillos, que saben dormir y vigilar a su camada a un tiempo. El silencio en el campo nunca es silencio. Una vez que, con ayuda de Emma, supe captar cada uno de esos sonidos sentí cómo también se colaba entre el rumor poderoso del bosque el rasgueo agudo de las cuerdas de bandurrias, laúdes y guitarras. Primero, entraron en mis oídos de manera casi imperceptible, luego fue subiendo su volumen hasta que la melodía se convirtió casi en una llamada.

Aquí y allá, en todos los pueblos del Rincón, los músicos mayores pasean las calles para que los más jóvenes se estrenen en la rondalla. Es Nochebuena. Antes eran sólo los quintos, los chavales que ese año se iban a la mili, pero ahora, sin servicio militar, el coro admite a las chicas, que se ponen ladeada la gorra de soldado de sus padres y parecen milicianas. A Emma le gustan las albadas, también los pasacalles. Atraída por esos cantos que unas veces hacen reír y otras traen recuerdos que hacen saltar las lágrimas, emprende la bajada hasta Ademuz tirando de mí para que sigamos a la comitiva que va de puerta en puerta. Se cantan albadas al Niño Jesús a la puerta de la iglesia, son los versos de todos los años, me los sé, y yo, que nunca canto, muevo la boca para creer que esta noche al menos existo:

«El Niño Dios se ha perdido / y en Ademuz no aparece / baja a buscarlo hasta el Turia / que estará cogiendo peces».

Luego recorremos las calles, cantando a un recién nacido o a una joven que se acaba de casar. Emma siempre espera anhelante su albada, y aunque eso nunca sucede, en su fantasía piensa que todas las letras que van dirigidas a las chicas guapas son para ella. Es como la niña que en cualquier parte del mundo baila detrás de los músicos. Si se diera el caso se arrojaría por el barranco del Solano detrás de los guitarristas, como aquellos niños que siguieron al flautista de Hamelín sin miedo a despeñarse.

Cuesta mucho conocer el alma verdadera de las personas, incluso de las que más queremos, porque de lo cerca que están no consideramos que haya que prestarles demasiada atención. Podría incluso costar varias vidas, si es que se tienen, saber cómo es de verdad alguien que siempre ha querido algo muy distinto a lo que es. Emma quiso engañarme mucho tiempo, fingía ser quien no era, o quería en realidad engañarse a sí misma con esos aires de mujer de mundo que llega a una aldea con la pretensión de dominar la naturaleza. Pero la vida salvaje, si es que puede llamarse así a estar en medio del monte, la derrotó desde el primer invierno y más que amor buscó ayuda, compañía y unos brazos en los que cobijarse. El amor vino por sorpresa. Emma no era del todo una extraña en esta tierra. El pajar era de su abuelo, que tenía manzanos en el Rincón hasta que dejó las tierras para hacerse empresario de calzado en Valencia. La vuelta de Emma a este lugar al que tantas veces había venido de excursión cuando era niña tenía mucho de fantasía romántica. Ahora puedo imaginarme que al quedarse aislada a punto estuvo de perder la cabeza. No sé si hubiera deseado integrarse en el grupo de las mujeres de la bata de boatiné, pero en su deseo de que la hicieran partícipe de sus vidas hubiera tolerado cualquier cosa. Emma es caprichosa. Cuando quiere algo no mide si hace daño. También es tozuda. Eso lo reconoce, insiste hasta salirse con la suya. Es insensata. No le gusta admitirlo. Impulsiva. No piensa nada dos veces. Y rencorosa. No comprende que se la deje de querer y rumia su rabia. Porque si ella no ve mala intención en sus actos cuál es la razón, piensa, por la que habría de arrepentirse. Aun así dice que yo la he cambiado. Tal vez lo que ha ocurrido es que ha empezado a mostrarse tal cual es: salvaje, como la veía Leonardo, y pequeña, como la llamaba él, que siempre supo verle el alma que se escondía en su gran corpachón.

Me ocultó también lo que de su futuro sabía. Puede que sólo quisiera preservar en aquel monte los sueños de juventud y que lo demás fuera para ella un añadido menos luminoso. Pero la fui conociendo a su pesar en las sucesivas Nochebuenas en las que, atrapada por las notas repetitivas que me fueron seduciendo hasta querer vivir dentro de aquella música, la seguía hasta el pueblo de Ademuz y observaba el transcurrir del tiempo en esos jóvenes que sólo por una noche de su vida estrenarían sus dieciocho años. No era triste, pero sí melancólico. Emma tarareaba sin acertar una nota pero poniendo en ello todo su entusiasmo, como es habitual en su carácter. Ahí estaba con su parka, los vaqueros, la melena despeinada, joven, a sus veintitantos años eternos, deseando formar parte de la diversión, beber, vivir, emocionarse.

No quiso poner tierra por medio, porque era tozuda, y se empeñó en hacer lo posible por verse integrada. La ayudó Andrés, el médico. Lo supe porque los vi. Estaban entre el gentío. No los reconocí a la primera, pero Emma, como si se tratara de una travesura, me los señaló y entonces es cuando me fijé en aquella pareja de ancianos todavía con aires juveniles. Rondarían los setenta años, pero andaban con paso enérgico siguiendo aquella procesión festiva que bajaba y subía las cuestas. Él, enjuto, de pelo blanco y recio, prudente y bondadoso. Ella, grande, más alta que él, gruesa pero no torpe, con una parka parecida a la de entonces y unas enormes zapatillas deportivas. El pelo rubio, ahora blanco y corto. La sonrisa, la misma de siempre.

Emma, mi amiga, me tomó de la mano y me la apretó como quien anticipa una sorpresa. Bajamos la cuesta tras los músicos que, aunque iban parándose en algunas casas, parecían encaminados hacia el río. Al fin salimos del pueblo y llegamos a orillas del Turia, donde se encuentra la residencia de ancianos. No hizo falta llamar a la puerta porque las asistentes nos estaban esperando. Entraron los hombres con las guitarras, las bandurrias y los laúdes, entraron los del pueblo que aún no se habían rendido tras la larga jornada paseando por las calles, y allí estaban, como todos los años, los abuelos, que se habían vestido con pulcritud y coquetería para la cena de Nochebuena. Algunos llevaban mascarilla, otros, ya derrotados por tanto coronavirus, se la habían dejado colgando de una oreja. Los había con corbata, todos, en cualquier caso, llevaban la camisa abrochada hasta el último botón. Las mujeres vestían pantalones y alguna más

194

friolera, un forro polar de mil colores. Forro polar y pendientes de perlas grandes. Los había que se quedaban de pie y los que, aunque permanecían sentados en la silla de ruedas, se mostraban erguidos y con mucha formalidad. Las enfermeras los habían colocado en semicírculo y la rondalla se situó enfrente. Aquél era el momento más emocionante de la noche, el último canto de alabanza. Habían muerto algunos durante el confinamiento, otros consiguieron superar el virus como superaron otras enfermedades con las que la vida los fue poniendo a prueba; había abuelas nuevas, que no querían dar guerra a los hijos y se internaban voluntariamente para encontrarse con las amigas, había rencillas antiguas que se avivaban con esta nueva convivencia estrecha, había un apego a las empleadas, que se convertían en madres de aquel singular internado. Algunos habían coincidido en los pocos años de escuela en los que aprendieron malamente a leer y a escribir, pero todos hablaban con precisión, claridad y el tono alto de esta tierra.

Emma tenía su mano sobre mi hombro, como para que no me esfumara en el momento que a ella más la conmovía. Una joven de voz resuelta y desafinada se situó en el centro y llevó la voz cantante, mientras el coro repetía cada verso, «a esta puerta hemos llegado / con cariño y gratitud / A esta puerta hemos llegado / con cariño y gratitud / para honrar a los mayores / de este Rincón de Ademuz / para honrar a los mayores / de este Rincón de Ademuz». La rondalla acabó su albada, hubo aplausos, emoción y lágrimas. Se repartió turrón y anís. Emma, agarrándome por el brazo, me condujo hasta una esquina de la sala donde estaba teniendo lugar el encuentro que quería que yo viera.

La anciana que había llegado a ser se había acercado a un viejo que estaba sentado a la mesa, tomando una copilla de anís y un trozo de alhajú. Esa mujer del presente se había sentado a su lado, acariciaba su mano mientras le preguntaba:

—¿Sabes quién soy, Leonardo?

El viejo dijo que sí con la cabeza.

—Entonces, di mi nombre.

—Lo sé, claro que lo sé.

—Pues si lo sabes, dilo.

—Eres Emma.

Andrés, popular entre las ancianas, las saludaba y atendía, pero a veces se volvía para contemplar aquella escena, respetuoso y serio.

Entonces el viejo se volvió hacia nosotras, se volvió como si pudiera vernos y miró a Emma, miró a mi amiga. No fue una coincidencia, ni un desvarío, el viejo miró a Emma y sonrió con aquella sonrisa que le partía la cara en dos como si se la hubieran trazado con un cuchillo, y dijo entonces, para que Emma pudiera escucharlo, mi pequeña salvaje. Se lo dijo a aquella joven de la que se había enamorado, de eso estoy segura.

III

EL MAPACHE

Cuando pasas por delante de una casa en ruinas, por un camino desolado, no le prestas atención, pero si te dicen que esa misma casa está encantada y vive allí un espíritu salvaje y hermoso, empieza a irradiar la belleza particularísima del interés. Admito que se diga de mí que ya no soy nada, pero quiero que el mundo recuerde que una vez fui algo y que todavía me aferro a lo que fui.

Mary Shelley, *Diarios*

Un vencejo ha caído sobre la mesa del patio. El porrazo contra el tablero de plástico ha sonado como un gong en la claridad recién estrenada de la mañana. He acudido enseguida para que no se lo desayunara el gato, que es más rápido que yo, y he visto que el pajarillo sacudía la cabeza como si en realidad el golpe lo hubiera despertado de un sueño muy profundo. He tomado el cuerpo con cuidado haciendo un pequeño nido con una mano y poniendo la otra de base, como me enseñó Emma, y lo he colocado en la rama más alta de la higuera de enfrente de casa, quedándome yo de guardia bajo las hojas húmedas. Lo he visto serenarse, recomponerse del impacto y quedarse un momento meditabundo, erguido sobre el buche porque sus patas están tan atrofiadas por su falta de uso que no le sirven para ponerse en pie. Ha remontado el vuelo trabajosamente, dejándose caer primero en un descenso que parecía condenarlo de nuevo a una muerte segura, y después, en un último momento que presagiaba el golpe mortal, ha desplegado unas alas grandes y fuertes que parecían no pertenecerle, dos ballestas poderosas abrazando por fin el cielo, la casa que jamás abandona, para reunirse con la bandada de vencejos que ya andaba a esas horas anunciando a chillidos la llegada del nuevo día.

Ya no son los trinos aislados de aquellos pájaros que resistieron las heladas los que se escuchan en mi monte sino un coro escandaloso que inunda los bosques y los bancales en donde compiten ahora aquellas aves que se quedaron con nosotras, como los estorninos, que hacen guardia permanente alrededor de la torre de la iglesia, y los que han vuelto de su viaje, como el cuco, tan primoroso y matemático en su canto, o las cigüeñas, que castañean el pico de puro contento desde su puesto de observación. Según vamos bajando hacia Ademuz nuestro paisaje de pinos, sabinas, tejos o chaparros, tan boscoso, va llenándose de colores vivos, los rosáceos, blancos y granates de las flores de los almendros y manzanos que llenan los bancales. Algún bancal es tan raquítico y está en un lugar tan inaccesible que sólo podemos imaginar que hubo un tiempo en el que el hambre obligó a aprovechar la poca tierra que se poseía.

En esta vida sin hambre, sin dolor ni sueño, en este tiempo sin tiempo en donde sólo las estaciones pasan he aprendido a vivir sin preguntarme cuál es mi destino. Fue más difícil de lo que parecía al principio porque parte de la vida se nos pasa imaginando el futuro, para alimentar ilusiones, y otra parte recordando el pasado, para nutrir la nostalgia. Pero renuncié a las recompensas del recuerdo o el porvenir cuando decidí quedarme aquí aquel verano queriendo evitar todo aquello que estaba por venir.

No tengo ya once años, porque no tengo años, soy luz, sombra, oscuridad, negrura, humedad o frío hiriente, tormenta de agosto, vilano que flota en primavera. Todo pasa por mí. Nacer y morir es algo que sucede de manera incesante aquí donde estoy.

Murió el autillo, el búho enano que Emma encontró medio moribundo en su patio y que rescató, nutriéndole con los insectos y ratones que le llevaba hasta la teja en la que el diminuto animal se había refugiado. No sólo consiguió que sobreviviera sino que renunciara a abandonar la aldea en invierno. El autillo emigrante se volvió doméstico. Pronto supe que había sido Otus, el autillo, quien me había observado tímido desde la viga aquella primera tarde de agosto en que entré en la casa asalvajada de Emma, porque incluso sin verlo sentí en mi espalda la fiereza de sus ojos amarillos. No fue hasta el invierno cuando acostumbrado a mi presencia se atrevió a salir de su escondite.

Recuerdo verlo escultórico tras la espalda de su ama, de su amada, allá donde ella estuviera, y que más que obedecerla como un animal domesticado actuaba como si fuera un centinela. Revolvía las alas incómodo si te acercabas y te observaba asomándose ligeramente desde la espalda herida de su buena samaritana. Se sabía el favorito en todo aquel refugio de animales del bosque. Otus, el pájaro de ojos de ámbar, se camuflaba arrimado a la parka marrón de Emma y parecía, inmóvil, una figurilla esculpida en madera. Murió con once años y luego acudieron otros tantos autillos que, aunque fueron igual de bienvenidos, no aguantaban el frío de la aldea y desaparecían, como es lógico, en los inviernos.

Mueren mis gatos sin nombre, pero de inmediato aparecen otros que no sé si son hijos del difunto o primos lejanos, como todo el mundo en este Rincón. Y aunque disfruto viéndolos entrar por la gatera y me conmueve cuando, aun sin verme, ronronean y hasta inclinan el lomo para hacerme saber que se restriegan contra mí, no siento pena al acabarse el ciclo de su vida. Incluso si la muerte es violenta, porque el zorro ha dado caza a alguno de ellos, sé que desde que nacen dan por sentado que rondar por el monte significa jugar a jugarse la vida. Si se enzarzan en una pelea resisten a pesar de quedar tuertos o cojos. Se esconden las gatas para parir en los huecos de los árboles o en el interior de una caja de cerveza abandonada en un corral y del dolor del desgarro apenas se les escapa un gemido. Son los primeros que habitan las casas abandonadas y desde los cristales rotos de una ventana vigilan con un celo de vigía los pasos de los vecinos. Sienten un gran interés por la lluvia. Maúlla la gata cuando le llega el celo y rompe el silencio de la noche con un llanto que parece el de un recién nacido que hubiera sido abandonado en la puerta. Se dan el gusto de cazar pájaros para dejarlos a mis pies, como si fuera un trofeo de guerra que me obsequian. Es un acto de amor o así lo tomo. El gato sabe que existo.

En cambio, sí que me apena ver morir a las mujeres porque no sé si otras las reemplazarán. Me atormenta pensar que tal vez un día la aldea formará parte salvaje del bosque, que será un conjunto de muros derruidos comidos por la maleza, y que habrá montañeros que descubrirán asombrados, caminando por el monte, las ruinas del pueblo que existió aquí. No sé si sobre esas ruinas estaremos nosotras, la Virgen Niña, Emma, yo. Del futuro de nuestra existencia nada se ha escrito.

En los oscuros días de la pandemia las viejas salían a las puertas, pero no traspasaban el umbral sino que hablaban a gritos entre ellas, aunque no parecía que se entendieran muy bien unas a otras porque llevaban mascarilla. Los hijos les tenían prohibido que se la quitaran, también que se acercaran a las casas ajenas, así que parecían formar parte de un extraño ejército que cumplía con su hora de guardia, enfundadas todas en un riguroso uniforme: forro polar, pantalón negro, zapatillas de felpa. Entre la mascarilla acabada en pico, el grueso del abdomen ensanchado por el espeso forro de colores y las piernas delgadas de haber subido tantas cuestas en su vida tenían un aire de gallinas cuidando cada una de su corral. Alguna vez asomaba un marido por detrás de ellas y emprendía ligero el pequeño tramo de la calle levantando el brazo a izquierda y a derecha para saludar, pero sin detenerse, guardando las distancias. A cientos de kilómetros, los hijos imponían la disciplina del gallinero: querían mantener con vida a los padres, a las madres ya nonagenarias, a costa de lo que fuera. Así que de pronto, en su vejez, conocieron una soledad que jamás habían experimentado, supieron lo que significaba lo que para las viejas de la gran ciudad supone quedarse solas, aunque ellas siguieran en su aldea. Sufrieron el zarpazo de esa soledad miserable que hace desaparecer a los seres humanos de los ojos ajenos hasta convertirlos en fantasmas sin haber muerto. ¿Qué sabían ellas hasta ese día lo que significaba no acercarse a diario hasta la puerta de la vecina?

Les metieron tanto miedo que no se atrevían a saltarse las reglas y en mitad del monte diez personas solitarias se ponían la mascarilla según se levantaban y con ella puesta hacían tareas y salían a la puerta para respirar el aire de la mañana. Imaginaban que el mundo se estaba derrumbando más allá de la aldea y que la desgracia tarde o temprano acabaría por alcanzarlas. Ellas, que habían sobrevivido desde niñas a todas las epidemias, se achantaban ante esta nueva, que más que un virus era una especie de monstruo negro que se les presentaba en sueños avanzando lento pero sin tregua por el monte. En su mente lo concebían como una amenaza sobrenatural más que como una enfermedad. Y así fue al final para Milagros, el alma de aquel corro desde que eran niñas, que murió abatida por la soledad, el aburrimiento, la pena por no poder reunirse y consolarse con las amigas.

Vino el coche fúnebre y la enterraron sin nadie que la rezara en la iglesia, ni la llorara de camino al cementerio, sin ese acto social que toda anciana anhela como un último deseo. Yo estuve allí, ¿me sentiría la vieja Milagros? Recordé para ella las tertulias nocturnas bajo la farola de la calle, la manera implacable con que juzgaba a las jóvenes, a mi madre, a Emma, pero también su cariño verdadero hacia mí, por ser ella una de esas mujeres que sólo conciben ser compasivas con las niñas, cuya pureza aún no ha sido toqueteada por las manos de un hombre. Se equivocaba conmigo.

Emma piensa en alto. Es un buen momento. Nos hemos tumbado al caer la tarde entre las hileras de flores del inmenso campo de lavanda, que cada año florece un poco antes por un calor que se está adelantando a la primavera. Sumergidas en el aroma mareante que se convertirá en jabones y colonias reflexionamos sobre esa vida que ambas hemos conocido sólo en parte. Según ella, siempre tan segura de las teorías que yo creo que se va construyendo sobre la marcha, en el momento en que los hijos dejan de temer la autoridad de los padres, son los padres los que comienzan a tener miedo de los hijos. No nombra a las pobres abuelas que han perdido un año de su vejez obedeciendo unas normas estrictas en pleno monte, pero yo sé que piensa en ellas.

Viven aterradas, dice Emma, se atormentan con la idea de que los hijos no vuelvan en vacaciones, con que dejen de quererlas. Mientras los nietos son pequeños, cumplen su función de abuelas cuidadoras, incluso aprovechan ese tiempo para malcriar a los chiquillos como venganza por la poca atención que les prestan los hijos. No idealices a las abuelas, créeme, hay abuelas vengativas, resentidas, que, en el mes de verano en que se hacen cargo de los nietos, los convierten a propósito, con toda su mala idea, en pequeños salvajes para que los padres tengan luego el trabajazo de reeducarlos. Es una venganza en toda regla que se perpetúa generación tras generación. No pongas esa cara. Hablo de lo que he visto. Pero ocurre que los nietos crecen y pierden también el interés por venir por aquí, así que a ellas, sintiéndose un estorbo, no les queda más remedio que complacer a esos hijos mandones que las corrigen, como corrigen también a los padres, aunque las suelan amedrentar más a ellas: les hablan como si fueran idiotas, con el mismo tono condescendiente que usan con los niños, las medio amenazan con meterlas en una residencia si no saben cuidarse, o peor aún, con llevárselas a un piso de ciudad donde, a cambio de hacerles un hueco, les exigirán que se reserven sus opiniones y sus consejos para no crear tensión en ese nuevo hogar que no es suyo. Hay abuelas que tienen prohibido subirse a los taburetes. Se lo tienen dicho las hijas por teléfono. Y no hay nada más necesario para una vieja que subirse a un taburete para saber qué coño puso hace una década en el altillo del armario. Cuando una anciana se sube a un taburete firma su sentencia de muerte, a menudo se cae y enferma, enferma y muere. Y qué. Cada una debería tener la libertad de irse de este mundo como le plazca, ¿no crees?

—Si esto es la vida —le digo—, se te quitan las ganas de vivirla.

—Estoy generalizando, chica, si no generalizas se pierde toda la gracia.

—Yo no me creo que tú te portaras así con tus padres.

—Ah, ¡quién sabe! Yo fui un incordio para mis padres, siempre a la contra. Habría tenido gracia que luego los hubiera metido yo en vereda.

—Mi abuela Esmeralda me cuidó desde que nací —le cuento, aunque no me gustaba hablar de mis recuerdos.

—¿Se fue a vivir con vosotras?

—No, éramos nosotras las que vivíamos en casa de mi abuela. Cuando mi madre se quedó embarazada aún estaba estudiando en el instituto.

—¿Y volvió a estudiar después de tenerte?

—Casi nada. No le gustaba.

—¿Y qué le gustaba?

—Pues, no sé... —Lo pienso y me da la risa—. ¡La ruta del bacalao!

Nos reímos las dos.

—O sea, que tu abuela fue como tu madre.

—No, no, mi abuela fue sólo mi abuela.

—Y te malcriaba.

—No tanto, nos dejaba a las dos bastante a nuestro aire.

—¿Y cuándo murió?

—Cuando yo tenía nueve años. Dormía con ella siempre, porque mi madre salía, iba, venía... De pronto, una noche, pegó un ronquido muy hondo, subió el pecho como si la estuviera levantando el demonio con un gancho desde arriba y se desplomó. Igual que la niña del exorcista.

—Vaya, qué impresión para ti.

—Bueno, yo ya sabía que un día se moriría. Me lo tenía dicho ella. Mi abuela siempre se ponía en lo peor.

—¿Y tu madre?

—Mi madre por ahí. Pero nadie lo notó porque yo la avisé para que llegara antes que la ambulancia.

—Pasarías mucha pena por la muerte de tu abuela.

—Sí, pero no tanta.

—Luego me dices a mí, chica, pero tú eres una raspa.

—Quiero decir que yo ya sabía cuidarme sola.

—¿Y tu madre?

—Mi madre nunca supo cuidarse sola.

—¿La cuidabas tú?

—Lo intentaba, pero ella iba también muy a su bola.

—¿Y si te pregunto qué tal fue la cosa después de morir tu abuela?

—Pues al principio, bien.

—Tu madre se hizo cargo de la situación.

—No, no, ella para nada, me hice cargo yo.

—Con nueve años.

—Sí, con nueve.

—Al principio, entonces, bien. ¿Y luego?

Me pienso y me recuerdo como si yo no hubiera sido aquella persona, la niña que aspiraba a ser madre de su madre, que incluso vivió la muerte de aquella abuela resignada y sin carácter como la oportunidad de crear para las dos una vida nueva, descansando en la niña la autoridad que su madre no estaba dispuesta a ejercer.

Emma no cree en la autoridad. Ni sabe respetarla ni sabe ejercerla. Eso dice. Pero tú has sido profesora, la corrijo, y las profesoras mandan. Claro, pero la gracia está en que los alumnos te obedezcan no por miedo sino porque te lo mereces. ¿Y tú te lo merecías?, le digo como imaginando la respuesta. A mí me querían y se me subían a la chepa, las dos cosas. Veían este par de tetas y se descolocaban. Natural, porque yo iba a clase tal cual me ves ahora, siempre he sido muy ácrata.

Le veía el pecho abriéndose paso entre el cordón trenzado del escote de la blusa. Emma dice haberse merecido la entrega de los niños, eso dice, que provocaba en ellos una especie de enamoramiento inocente. Y yo a veces sospecho que parte de lo que cuenta son ilusiones de lo que querría haber sido, y que todavía, perdido aquel tiempo en la bruma del pasado, se empeña en aparecer ante mí como un personaje mítico, cuando ya no tiene sentido el competir con nadie. Pero qué más da. Aquí estoy yo, dispuesta a creer su verdad y sus mentiras.

Le pregunto, y dime, ¿has tenido hijos? Y tarda en contestarme. Ese silencio denota entonces un dolor, es un asunto que la descoloca, algo a lo que no puede enfrentarse. Me dice que no lo sabe ni quiere, que una no debiera conocer todo de su futuro, más todavía cuando se ha renunciado a él. Estos días vagabundea melancólica por la hondonada, admira su pajar desde abajo, observa a las visitas que suben la cuesta de su montecillo los días de fiesta. En primavera a todos los forasteros les fascina la aldea, admiran las innumerables florecillas salvajes que adornan el valle y les parece ese lugar sacado de un cuento con el que uno ha soñado de niño. Imaginan que esto es el paraíso el resto del año, y lo es, siempre y cuando estés dispuesto a vivir durante unos meses en el territorio de los olvidados, ajenos al mundo como los habitantes de Laponia, y sepas alimentarte con la certeza de que la primavera acabará por llegar.

Han venido unos visitantes en grupo y observan el pajar con aire de expertos, le dan vueltas, sopesan los meses en los que sería razonable vivir allí, golpean los muros para comprobar la solidez de las paredes de piedra, comentan la sensibilidad de quien lo restauró por decidirse a usar la piedra, el barro y la paja, en aquellos años ochenta en que todo se demolía. La Emma del presente, la vieja Emma, se ríe y les corrige: un momento, si él tuvo la sensibilidad, yo fui la fuerza bruta.

La Emma del futuro, o del presente, según se mire, ha subido la cuesta a pie. Aún puedo, se dice a sí misma en voz alta. Se detiene cada poco para tomar aire y Andrés la sigue, más ágil, pero respetando siempre el ritmo de su mujer. Quieren venderlo. Se trata de deshacerse de los malos recuerdos, porque los buenos quedan a buen recaudo en la joven mujer del pasado que los observa a una distancia prudente. Llegan a la puerta. Los gatos que habitan el coche sin ruedas, el viejo dos caballos, se esconden bajo los asientos en donde se cobijan como en el interior de una madriguera, pero una vez que se sienten a salvo de la atención humana, asoman los bigotes para vigilar la intromisión de los desconocidos en la casa que, de momento, consideran suya.

Emma, la mujer del presente, mete la llave, agarra el pomo y da una pequeña patada a la puerta para desatrancarla, esa vieja maña que nunca se olvida. Los invita a pasar y ella decide quedarse un rato fuera, como evitando bucear en aquel pasado. Saca del bolsillo de su chaqueta un cigarro de plástico y se recrea soltando el humo, con la misma entrega a la nicotina que cuando era joven. En estos cuarenta años ha regresado a la que fuera su casa alguna vez, porque en su voluntad de huida se dejó olvidadas las fotos de los padres, el gran libro de Rosa Bonheur con el que aprendió a dibujar animales salvajes o los negativos de aquel carrete que jamás llegó a revelar porque hubiera tenido que llevarlo lejos, a Valencia. ¿Qué quiere hacer ahora con las imágenes de un amor que nunca tuvo futuro pero fue tan trágicamente interrumpido? ¿Asomarse a la felicidad de colores desvaídos y mal enfocados de aquellos días? Emma posando en el hueco de la sabina, Emma a la entrada de la barraca, Emma desnuda, cubierta sólo en parte por la chamarra de él frente a la chimenea, Leonardo tumbado en la cama, fumando un cigarro, fingiendo disfrutar de una convivencia imaginada que nunca llegó a existir. No, prefiere proteger sus recuerdos. Todo adquiere más brillo en su memoria. Teme verse y verlo a él y sentir algo de sonrojo al contemplar en sus sonrisas ese descaro del que la desgracia se burló.

Pero Emma, la de ahora, vista desde fuera, sigue siendo en gran parte la de entonces, conserva la sonrisa inalterada de su juventud, posee el don de no dejarse vencer por la vejez. Camina por su viejo pajar cubierto del polvo del tiempo, de mugre, sintiendo la presencia de los bichos que de sobra sabe que los observan camuflados entre los recovecos de unos muebles carcomidos que parecen formar parte ya del mismo monte. Si por ella fuera les daría las llaves ahora mismo a los visitantes porque en realidad no sabe cuánto dinero se puede pedir por un pasado del que ella desea desprenderse. Reconoce que están menos locos de lo que ella estaba cuando creyó, bajo el influjo del hombre sensible con el que llegó a la aldea, que podía dominar la naturaleza. Fue la naturaleza, finalmente, la que la venció una vez que se quedó sola y comenzaron los primeros fríos. Ahí está su Andrés, cordial pero implacable, negociando un buen acuerdo con esos arquitectos que están convirtiendo algunas casas de la comarca en talleres donde imparten cursos sobre los viejos métodos de construcción rural. Han rehabilitado la vieja escuela, que ahora se muestra a los cada vez más numerosos turistas rurales tal y como fue en los años sesenta, cuando la maestra que enviaron al pueblo aún tuvo que subir en mulo. El aula restaurada encima del horno, tal y como era hasta que cerró en 1981, al año siguiente de morir el niño Leo de una neumonía. Hablan los compradores de buscar una casa en el pueblo donde montar uno de los talleres, habilitando cuartos donde los estudiantes puedan alojarse, estudian la posibilidad de poner en marcha la tejería, como ejemplo de una zona que producía sus propios materiales de construcción, y discuten sobre el lugar donde instalarían la vivienda familiar, si abajo en Ademuz o aquí, en esta pequeña atalaya desde donde pueden observar a los estudiantes, controlar la convivencia discretamente, sin entrometerse ni mezclarse.

Vosotros qué pensáis, pregunta el hombre a los dos adolescentes, chico y chica, que callados y aburridos siguen la conversación de sus padres. Como era de esperar se encogen de hombros. Les quedan dos años para cumplir los deseos de sus padres, para vivir en pleno monte, sin la posibilidad de escape que ofrece la cercanía de los amigos del instituto, sin contar con esas horas muertas en un banco a la luz de la farola, ellos no conocen otro refugio que el de la intemperie del barrio, los escondrijos urbanos en donde un adolescente puede eludir la vigilancia materna, sin estar a merced de una obligada convivencia familiar que les va a resultar enseguida insoportable.

Ella, la mujer, se da cuenta del desinterés de sus hijos que se irá transformando en rechazo y tuerce el gesto: la compra la atrae, la reforma la motiva, pero no desea anclarse más en la comarca. Es como si presintiera la negativa futura de los niños a venir aquí en vacaciones, como si fuera capaz de presagiar la pelea, el conflicto, la bronca. La separación. Pero se deja llevar porque él está obcecado y habla del proyecto como si se tratara de una misión casi religiosa. Acuerdan un precio ventajoso, risible, porque en la aldea que linda con el fin del mundo no se puede pedir más.

Emma, ya aliviada de la negociación, desconecta entonces y se concentra en encontrar las últimas muestras del pasado, las que no hacen daño y desea conservar. Mete en una mochila algunos trastos, piensa en si el cuaderno de dibujo, no, el cuaderno de dibujo mejor no, tampoco le ve ahora mérito alguno, pero sí algunos libros, *La mujer rota*, *Crónica de una muerte anunciada*, *El lobo estepario*, *El nombre de la rosa*, unas gafas redondas de sol con los cristales azules, una antología de Antonio Machado, *en el cenit, la luna, y en la torre, la esfera del reloj iluminada. Yo en este viejo pueblo paseando solo, como un fantasma*, los libros de naturales, la cafetera vieja, los guantes de borreguillo, el blusón bordado con el cordón en el escote, la parka marrón, las botas de monte, las camperas, una bolsa de agua caliente forrada de croché que le regaló Milagros cuando llegó y todo parecía que iba a ser distinto, un chándal con forro de felpa, la caja de condones que hay en la mesita de noche, mejor no mirar la fecha de caducidad, el Valium, el radio-casete de pilas, unos patucos de lana que le hizo su madre, *El amigo americano*, *El beso de la mujer araña*, *El libro rojo del cole*, dos cintas de casete de grabación casera, ¡Las mejores canciones de amor de todos los tiempos!, escrito el título con la letra insegura e infantil de Leonardo, *Los mares del Sur*, *El exorcista*, un Zippo, los papelillos de liar, *Miedo a volar*, el cenicero de Ricard, la pegatina de *Jo també sóc adúltera* sobre la primera página del listín telefónico, y allí, su propia letra con tan sólo cuatro teléfonos anotados, el de Milagros, el de la Guardia Civil, el del joven médico que acabaría siendo su marido, el de Leonardo. El de Leonardo. Ese número que sólo marcó tres veces, el número de seis dígitos que ahora parece contener un sentido lapidario.

El sexo fue como un abrasivo que acabó con todo, con la que hubiera sido una reconfortante amistad, con el empeño de resistir allí aun cuando el sueño campestre se había hecho añicos con la primera helada. Y ella siempre simulando ser otra, más frívola, más despreocupada, ella, la profesora de instituto que poseedora de un desparpajo desconcertante fue presentándose los primeros días a las vecinas y que, aunque advirtió en la mirada de las mujeres cierta reserva, también hubo calidez, la hubo hacia aquella joven que parecía afrontar la vida con un optimismo infantil, sin ser consciente de la dureza de su misión, como una de esas locas del monte a las que se refería Milagros en aquellas tertulias de verano: personas que creían, ingenuas, poder dominar la naturaleza sin tener en cuenta que los que viven en ella son siempre sabedores de que hay que andarse con respeto, que aquello no es un paseo por un parque, y que ellos, los que nacieron allí, aceptan que forman parte de un ecosistema en el que cualquier desequilibrio se paga caro. Emma censuró durante muchos años los recuerdos de aquella amabilidad con la que fue tratada antes de que todo se desbocara. La herida, que aún duele, se lo impedía, pero ahora, cerca de cumplir los setenta, garrida y sonriente como siempre fue, siente que el corazón se le ablanda, y echa de menos todos esos saludos que le fueron negados a partir de la muerte del niño. Le entristece que se rompieran los lazos con aquel lugar que, a pesar de todo, alberga los mejores momentos de su juventud.

Emma y yo, sentadas en las sillas de plástico, observamos desde mi patio cómo avanzan las obras. La higuera, sensible al calor que se adelanta cada año un poco, comienza a protegernos con su sombra y ya apuntan los capullos de las brevas que en mayo estarán a punto de reventar y deliciosas. Será la señal del regreso de las oropéndolas, que parecen recorrer miles de kilómetros movidas por la gula, por pura golosería. Llenarán de nuevo las ramas nervudas de la higuera y, saltando nerviosas de una rama a otra con la intención de no ser vistas, conseguirán que su plumaje amarillo se camufle entre los destellos del sol que ya nos hará achinar los ojos. El matamoscas que nos dejó en herencia el tío Claudio sigue, ajeno al paso del tiempo, encima de la mesa. Emma asegura que acabará siendo una reliquia de museo, porque cada vez hay menos moscas.

Vemos aparecer de vez en cuando al arquitecto, seco, imperioso, más agrio cuando viene solo y se dirige a los obreros. En la puerta del pajar de

Emma descansa el material desde hace tiempo, y andan los animales olisqueándolo, sopesando si acabarán haciendo suyo todo aquel entramado de tejas, sacos de cemento, inodoros y marcos de ventana. Nadie se acercaría hasta aquí a robar material de obra. La casa de Milagros, que en el sueño del arquitecto se ha de llenar de estudiantes, va algo más rápido y poco a poco pierde sus toques de coquetería de vieja: desaparecen las macetas de las ventanas, los visillos, los azulejos andaluces con los que había rodeado el marco de la puerta donde se leía en letras de mercadillo medieval el nombre de la dueña, y todo va adquiriendo un tono lustroso, sólido y frío. De tanto querer ser fiel a lo que hubo en otro tiempo acaba siendo ajeno a lo que le rodea.

No le pregunto a Emma si seguirá habitando su casa una vez que esté borrado cualquier rastro de lo que fue su vida en ella, porque me da miedo que su respuesta alimente una inquietud que ando rumiando en estos días: ¿es nuestro destino desaparecer cuando otros se hagan dueños de nuestro espacio?

Aprovechando la lentitud con la que se desarrollan las obras del pajar los animales persisten en usarlo como refugio. Desde sus ventanas o ventanucos observan esta lluvia fina y copiosa de la primavera. Esa provisionalidad entre el fin de lo decrépito y los nuevos materiales parece ser el lugar ideal para los espíritus curiosos. En la ventana desde la que Emma espiaba los pasos de Leonardo un bicho nos mira tras el cristal roto: no es un gato, tampoco un zorro, aunque a primera vista pudiera parecerlo no sería propio de un alma esquiva y solitaria como la del zorro compartir refugio con otros seres. De la cabeza chata del animalillo nacen dos pequeñas orejas puntiagudas, y alrededor de los ojos redondos tiene dibujado un antifaz negro que le cubre las mejillas y le confiere un aire melancólico. El hocico prominente, respingón, sale por el agujero del cristal.

—¿Qué es? —le pregunto a Emma.

—Lo sabes, pero no lo sitúas aquí. Es increíble: un mapache.

—¡Un mapache!

—A algún idiota le hizo gracia traérselo de animalito de compañía y cuando el peluche se le hizo grande vino al monte y lo soltó.

—Bueno, chico —dice Emma dirigiéndose a él—, por lo menos, aquí vas a tener mejor tiempo que en Canadá.

—Pobre.

—Ah, no, no, pobres de los otros bichos si resulta que no ha venido solo y se reproduce. En cuanto tome confianza bajará a la aldea, se meterá en los patios, romperá las bolsas de basura, entrará a las cocinas y abrirá las neveras. Mañas no le faltan y es muy osado. Capaz es hasta de pelarse la fruta. Si pillara al sapo le limpiaría las tripas antes de comérselo. Es todo un gourmet. ¿Te imaginas que en un futuro se suba a parir en la chimenea? Pero no creo que a la nueva mujer la encuentre sola una noche de frío. Créeme, ella no va a estar aquí mucho tiempo. Lo he visto en su cara.

Emma murmura, quién sabe, quién sabe, y rodeando a grandes zancadas la que todavía tiene el aspecto de la que fue su casa paladea un deseo maligno, imagina, sé que imagina, que el proyecto de la pareja se acabará frustrando, que más tarde o más temprano les abrumará la soledad, que van a discutir por cada contrariedad doméstica y por la lentitud de los operarios, que en la comarca se toman su tiempo, un tiempo que es distinto al que ellos viven en la ciudad. Intuye Emma que los niños se les rebelarán y que ellos no van a saber qué hacer cuando estén solos y los días se acorten, pensarán entonces que esas horas que se alargan en vez de regalarles tiempo les están robando la vida, que no son capaces de quedarse en un interior mano sobre mano, como sabe hacer el que se ha criado aquí: adoptar una actitud contemplativa cuando cesan las tareas. Sufrirán la angustia de sentirse incomunicados y se sentirán acogotados por la oscuridad de la intemperie. Ay, qué lástima, habían proyectado comprar un telescopio, como ese que hay despiezado en el patio, pero no lo hicieron, ella no quiso, porque presentía, más perspicaz que él, que la felicidad ya se habría agotado cuando llegara el momento de mirar las estrellas. Emma cree ver en este fracaso su triunfo, presagia un futuro en que el pajar ha de cubrirse de hierbajos y zarzamoras como un monumento mortuorio que honre la memoria de una joven amante, ¿es que no hay uno dedicado a una madre puta?

Qué criatura tan tierna, pensó el
lobo, qué dulce bocadito, y será aún
más sabroso que el de la viejecita.
Aunque si actúo con delicadeza igual
puedo conseguir a las dos.

CAPERUCITA ROJA
Y EL LOBO

Hay niños jugando en la hondonada. A los más pequeños las hierbas casi les llegan al pecho. Corretean entre ellas y cuando caen, desaparecen, como si se sumergieran en el agua. El verde está moteado por las flores moradas, las amapolas, las celidonias. Y los aromas que despiden en ese espacio frondoso y reverdecido parece que tienen el poder de exaltar a los niños, que los envenenan de un entusiasmo loco y dan volteretas, se pegan empujones, se ríen a carcajadas rotas y acaban llorando. Pienso en si yo alguna vez fui así, si también me comportaba como una criatura alegre antes de que me cayera aquel peso sobre los hombros. Pero quiero recordarme y no puedo, hay un manto de olvido que ha cubierto gran parte de mi pasado, como una maleza que me impide el paso. Me veo solitaria entre una abuela ensimismada y una madre ausente. Se me desdibuja aquel viaje en que vinimos las tres al pueblo, siendo yo muy pequeña, y sólo puedo rescatar de entre la bruma del recuerdo, como a chispazos, aquel empeño de mi madre en que durmiéramos las tres apretadas en la misma cama.

Recuerdo no volver más, aunque expresara tozuda ese deseo, hasta que vinimos a enterrar a la abuela, y nos fuimos deprisa y corriendo, como alma que lleva el diablo. Recuerdo a Guillermina mirando fijamente a mi abuela, que quería ceder a mi capricho y traerme alguna vez, diciéndole de mala manera que no podíamos volver, que bien ella sabía que no podíamos volver. Me entristecía entonces no comprender el sentido de aquellas palabras. Recuerdo los días de playa en la Patacona con mi abuela, unas mañanas tan aburridas que se convirtieron en un suplicio tanto para ella como para mí, y las tardes alegres en la piscina municipal con mi amiga, mi amiga, que se me aparece como en un sueño porque los últimos recuerdos que conservo de mi vida se la tragaron. Y después del mortal ronquido de mi abuela, todo lo demás viene de golpe, embarullado, a trompicones: la pena de la vecina que vigilaba a la niña que se quedaba sola hasta bien entrada la tarde, y la alegría secreta de la niña por ese nuevo orden doméstico, en el que libre ya de la abuela, podía organizar a su antojo la vida de las dos y disuadir a los novios de aquel noviazgo en el que tendrían que cargar también con ella.

Recuerdo las noches en las que parecía que la cama grande sería sólo para nosotras para siempre. Un para siempre que era todo el futuro posible. Recuerdo esa felicidad tan sólida como fugaz. Y recuerdo después, sin comprender cómo se había colado en nuestra vida, el aliento de él, de Rafael, leyéndome en la cama los días de fiebre o mientras esperábamos a que Guillermina volviera del trabajo. Las niñas, solía decir, tienen que acostarse pronto, y él se colocaba a mi espalda, hacemos la cucharilla, decía, y su brazo cruzaba mi cuerpo para que una de sus manos sujetara el libro. Recuerdo que las primeras sensaciones de ese abrazo son de abrigo, de protección, de cierta extrañeza porque alguien sienta en mí un interés que jamás he despertado en nadie. Esto al principio parece un cariño que compensa todas las ausencias, tal vez la falta de un padre, no lo sé, porque no sé quién es mi padre, puede que al final sea este que ha venido para adoptarme y aún no me lo han dicho, pero poco a poco en el abrazo protector se abre paso el aliento que desprende una respiración entrecortada que lo engulle todo, que se convierte en el olor y el color de los días. Recuerdo sus promesas que llegaban más a mi nariz que a mis oídos y que esas promesas me daban un poder que luego él mismo me arrebataba si, a su juicio, no me portaba bien. Recuerdo llamar a la puerta con cerrojo echado cuando estaban ellos dos y llorar por ser expulsada de un paraíso que aún no distinguía del infierno. Recuerdo acurrucarme tras la puerta cerrada del infierno, rogando que me dejaran entrar.

La explanada del frontón se ha llenado de coches. Después del invierno de encierro y soledad los hijos vuelven más que antes, cada vez que pueden, y sueltan a los niños, comen en los huertos, quieren descubrir los caminos del monte. A Leonardo el viejo lo han colocado, entre la hija y el yerno, a tomar el sol donde a él le gustaba, en el antiguo corral en el que ahora organizan la barbacoa. En su silleta de enea, con la sudadera y la vieja gorra calada que usaba para ir a la huerta, parece el rey de los montes, de ese monte que se abre ante sus ojos y que observa con la sonrisa que le cruza la cara. De vez en cuando, imita el sonido de algún pájaro, o parece que quiere entonar una de sus queridas canciones. Calla y sonríe como si la canción se reprodujera completa en su mente y vuelve a sumirse en la contemplación. Desde su trono divisa el pajar de Emma. Tal vez algo se está despertando en él tras tantos meses de encierro en el patio de la residencia. Yo estoy subida en el muro de piedra de enfrente y, por momentos, creo que me ve y que me reconoce.

Un coche aparca en la puerta, y de él salen Virtudes, que estaba al volante, y Julieta. Virtudes es ancha, compacta, como cuando era niña, y por más empeño que ponga en aparentar rudeza, la sonrisa grande y el pelo de muchachillo ahora teñido de rojo delatan un espíritu generoso. Julieta ha dejado de ser aquella chica esmirriada y algo caída de hombros; su cuerpo, bajo el chándal amplio, parece más hecho, más sereno, aunque no ha perdido la agilidad deportiva y esa delicadeza infantil que la hacía caminar como si flotara, sin hacer ruido, siempre algo tímida. Así, cada una fiel a la que fue cuando era niña, entran a la casa, abrazan a los padres y luego a Leonardo, que al ver a su nieta Virtudes, se limpia lo que puede ser una lágrima, o acaso es que los ojos le lloran por el sol que es fuerte y ardiente como si fuera verano.

Julieta se desprende del equipaje y se dirige a su casa, a la que no quiso entrar cuando hace diez años viajó al pueblo para esparcir las cenizas de su madre. Estaba entonces aterrada con la idea de enfrentarse al escenario de aquel verano en que se sintió romper en dos para dejar la niñez atrás. Pero hoy, porque es hoy, es lo que ahora veo yo en ese presente que es suyo, parece decidida a entrar en la casa superando a cada paso el miedo que aún le hace encorvarse un poco como cuando era niña y meter las manos en los bolsillos subiendo los hombros, abrazando su antiguo desamparo. Es guapa, pero despreocupada por completo de su belleza, y de tanto querer pasar desapercibida acaba teniendo un halo que la hace misteriosa y deseable. Virtudes ha salido corriendo y camina, respetuosa, unos pasos detrás de ella, sin inmiscuirse en este momento esencial, pero vigilándola porque la sabe frágil.

Julieta abre la puerta y una vez que la luz de la entrada y la del patio irrumpen en la sala observa cómo todo lo recordado sigue en su sitio, esperándola, aunque teñido de ocre por el paso del tiempo. Veinte años han dejado su huella y una capa espesa de polvo y tierra lo cubre todo. Toca una silla y la silla se cae hecha pedazos, comida por la carcoma. Se asusta, da un paso atrás, y entonces ve que Virtudes la acompaña. Suben las escaleras y se detienen primero en la habitación de Guillermina niña, donde siguen las muñecas dentro de sus cajas, sonriendo tras las ventanitas de celofán, tan inútiles como cuando le fueron dadas en Reyes a una criatura que ni consideró liberarlas de su encierro salvo para sumergir la nariz de vez en cuando y atrapar el olor atalcado de los cuerpos de plástico. La veo detenerse ante la foto enmarcada y siento un estremecimiento porque sé que Guillermina disfrazada de Virgen Niña la observa desde un ayer atrapado en un instante. Virtudes pone entonces la mano en el hombro de Julieta, y le dice algo que me suena como si hubiera sido dicho muchas veces: mírala, era preciosa. Julieta asiente. Y parecía algo triste, añade Virtudes. Julieta asiente despacio, meditando una respuesta que no encuentra.

—Quién sabe lo que ella vivió —insiste Virtudes.

—Eso no la excusa —responde Julieta secamente.

—Lo sé, lo sé...

—No sé qué sería mejor: culparla sin más, o disculparla porque ella también sufrió. Dime, ¿qué es lo que más me conviene para encontrar la paz, la convierto en una víctima y eso nos une para siempre en la desgracia?

—Sabes que la vida la castigó con mucha dureza. No salió indemne de sus errores.

—Pero a mí me quedaron tantas preguntas por hacer. No consigo perdonarla. Esa niña de la foto es para mí una trampa, me hace tenerle compasión cuando tú sabes que no consigo ni quiero dejar de odiarla.

Virtudes la abraza por detrás, pone las manos sobre su vientre que, de pronto, veo abultado, una curva ligera y firme que brota del cuerpo delgado.

—¿Dejarás la foto ahí?

—No, la quitaremos. Esa niña me hace sentirme injusta, y no me lo merezco.

—¿Y las muñecas? —pregunta Virtudes, intentando un tono más alegre.

—En la noche de San Juan las quemaremos.

—Eso suena horrible. Qué bruta eres.

—Yo adoraba esta casa.

—Y volverás a adorarla.

—¿Tú crees que seré capaz de desalojar tantos

fantasmas? Es como si el desconsuelo flotara en este aire, ¿no lo notas tú? La infancia de Guillermina, ese tiempo tan oscuro que ya no va a ser contado, la mansedumbre de mi abuela, a la que ahora siento como la persona más turbia, y luego mi desamparo... ¿Cómo borras todo esto aunque lo eches a la hoguera y pintes las paredes?

—No se trata sólo de pintar. Lo borraremos nosotras, con nuestra propia vida.

—Tú no puedes ponerte en mi lugar.

—Yo ya me puse en tu lugar, no te olvides, estoy siempre de tu parte.

—Pues entonces no la excuses, sabes que eso me saca de quicio.

—No, no la quiero excusar, trato de entender. Me estaba refiriendo a la niña que fue, y ahí no cabe duda de su inocencia. Pero descuida, que yo también la he odiado, y la odio aún, aunque no pueda dejar de pensar que tal vez la que no ha sido protegida de niña luego es incapaz de proteger.

—¿Me pasará eso a mí?

—No digas bobadas.

—No digo bobadas. Tú misma lo acabas de decir. No consigo verme como una persona de fiar.

—Escucha, yo sé que quieres hacerte daño en este momento, pero yo no te voy a seguir el juego.

—A menudo sueño con que abrazo al niño, y estoy llena de ternura, pero luego el sueño se tuerce. Camino con el bebé en brazos por la hondonada. Parece un paseo precioso de una primavera como ésta, pero veo la acequia, me acerco y siempre ocurre lo mismo: por un impulso que no sé a qué responde lo dejo con delicadeza sobre el agua, como a un Moisés sin cesta al que la corriente se lleva. Me quedo paralizada viendo su cuerpecillo bajo el agua descender hasta los huertos.

—Estamos llenas de miedos. Yo sueño con que tú me lo escondes, con que no me lo dejas ver.

—Hay algo peor que los sueños, Virtudes. Cuando más entregada estoy a la fantasía de cómo será, de cómo saldrá del colegio y vendrá hacia mí corriendo y se refugiará en mis brazos, irrumpe de nuevo el pensamiento obsesivo y me muero de miedo por temer si no sentiré que en ese abrazo hay algo sucio. Y sabes, esa obsesión me deja sin fuerzas.

—Hablas así ahora porque estamos aquí, rodeadas de este pasado al que nadie le ha quitado el polvo, pero tú tienes un alma limpia, la más limpia que conozco.

—Yo me creía un monstruo y estaba convencida de que algunos chicos me veían así, como si desprendiera un olor que me delataba, que se daban cuenta de que ya lo había probado todo y estaba disponible para que hicieran conmigo lo que quisieran. Te juro que a veces pienso que el monstruo nunca acaba de morirse, que está ahí latente, acechando, y aparece cuando sabe que puede hacerme más daño.

—Te oigo decir esas cosas y me partes el corazón porque sé que lo único que buscas ahora mismo es castigarte. Sabes que es un alivio enfermizo. ¿Qué hago? Quieres que me quede contigo y quieres que me vaya.

—¿Te asusta lo que digo?

—No, no me asusta. Tú no me asustas nunca. Yo ya aprobé ese examen, Julieta, ya salí corriendo alguna vez. Ahora sé que no te volverás a abrir la piel con unas tijeras, que no te volverás a duchar vestida ni dejarás de comer.

—¿Por qué estás tan segura?

—Porque eres incapaz de hacerle daño a nadie salvo a ti misma, y ahora que sabes que alguien está bajo tu protección y que es parte de ti y que come y bebe de ti no te infligirás un daño que pueda afectarle a él, aunque sólo sea porque lo amas a él por encima de ti misma.

—¿Me estarás vigilando?

—No, yo no voy a vigilarte. Si me he metido en esta aventura contigo no es para vigilarte. Vigílame tú a mí.

—¿De qué?

—Yo qué sé —dice sonriendo—: de la tentación de salir corriendo. Me ofreces una vida demasiado sólida.

—Demasiado convencional.

—No, no es eso, es una vida seria, importante. Y yo nunca soñé con eso. Desde niña he querido estar fuera de casa y eso es lo que tú me das, una casa.

Julieta, apoyada en el vano de la puerta, le tiende los brazos, y Virtudes se deja caer en ellos, ancha, fuerte, ahora algo temblorosa. Se besan con el beso húmedo que provocan las emociones a flor de piel. Julieta siente un mareo, el mismo que anticipa la llegada del deseo, y teme derrumbarse, cuenta los latidos sordos que tocan ya las paredes de su vagina y por un momento teme que algo pueda desprenderse de su abdomen, que el placer no sea compatible con la nueva vida que alberga. Se sobrepone y mirando a su amiga a los ojos le pide que, por favor, la deje sola. Virtudes le pregunta, pero ¿estarás bien? Y ella dice, ahora sí, aunque duda de estar preparada para entrar a la habitación donde se quedó parte de su ser.

Está de pie, en el centro del dormitorio que yo veo ahora a través de sus ojos: el cabecero de madera labrada, severo y feo, incongruente, en el que no acaban de encajar los dos somieres pequeños atados con una cuerda de tender para que no se separen. Sobre el mármol de la mesilla alta que en tiempos guardaba un orinal, está la lámpara con la tulipa quemada por los bordes, muy pequeña, de la que sobresale la bombilla. La ventana está medio abierta e irrumpe un haz de luz que por momentos le ciega los ojos. Sus libros están apilados en la mesilla, tal y como los dejó, como una prueba de que regresaría antes de hacerse adulta. Le resultaba tan difícil separarse de ellos que pensó que eran un talismán, una razón poderosa para volver.

Se sienta entonces en la cama que se queja como si estuviera viva. El chorro de luz incide ahora en su espalda y cuando se vuelve hacia el espejo de luna se observa a sí misma con un sentimiento de extrañeza: es el retrato de una joven pálidamente iluminada de la que no se puede saber si acaba de llegar o está a punto de irse. Cierra los ojos y con las dos manos se acaricia el vientre. Este gesto, al que con tanta frecuencia recurre últimamente, tanto para calmarse como para arrullar, la va devolviendo a la conciencia de otro tiempo: ¿puede presentarse así el pasado, tan vívido como un delirio? Porque no es la memoria la que le ofrece intacto el recuerdo de aquella mañana sino la niña, la misma niña a la que Julieta puede observar ahora tendida en la cama sobre la colcha. Tiene miedo a tocarla por si su presencia se desvanece.

Es la niña que ha tenido un mal sueño y que con sus manos se aprieta la barriga porque le arde. La niña que siente a su madre trajinar en el piso de abajo. Ya muy temprano la estuvo escuchando medio en sueños, maldiciendo en voz alta desde el cuarto de al lado porque no conseguía cerrar la maleta en la que había dejado caer la ropa, las chanclas, las zapatillas, de manera caótica. La madre hacía ruido a propósito para que la niña espabilara, para que se levantara y se pusiera en marcha.

Guillermina tiene prisa por emprender el camino de vuelta, le urge salir del pueblo diminuto donde más que protegida se siente observada y juzgada. Marchas hacia tu ruina, siente que alguien le susurra de vez en cuando, pero es un pensamiento que aparta de un golpe como se aparta una mosca. De manera no muy consciente barrunta que en el rechazo de su hija a volver a la ciudad hay algo más que una simple manía infantil, pero prefiere ignorarlo y, qué coño, tampoco quiere renunciar a su deseo. Su deseo, los deseos de esta madre, suelen contener siempre un elemento mórbido, como si la recompensa estuviera por obligación ligada a la aceptación de un sacrificio. El sacrificio es ella misma, ella o lo que es más suyo: la carne de la niña que fue y la carne de su carne. ¿Acaso no es así como le enseñaron a ser querida?

Y qué, a todo se sobrevive, piensa sin pensar la madre, se aprende a levitar sobre el desconsuelo, como si quien se quedara en una cama, paralizada ante el manoseo y asqueada por un aliento que se pega a la ropa, fuera otra, otra más desgraciada que ella, otra a la que nadie ampara aunque todos vean o presientan lo que está sucediendo. Ella en cambio se libra, sale de sí misma transportada por una canción en la que se concentra contando las sílabas, las letras, a lomos de una melodía mágica que la protege del mal y que repite como un conjuro para sobrevolar sana y salva por encima de la escena. La otra, la niña sufriente, se queda, aguanta paralizada o sigue dócilmente las instrucciones del hombre, siente esos jadeos que le atruenan en los oídos, soporta el olor agrio, el sudor hormonal del monstruo.

Pero en qué consiste la vida sino en ignorar, en no recordar, piensa sin pensar la madre, en eludir, en sortear, pero sobre todo, en salir a la calle aparentando que nada anormal sucede. Hay que vivir disimulando porque aunque parezca extraño el olor agrio de un hombre puede atraer a otros y te convierte sin tú saber por qué en víctima propiciatoria. El olor del lobo señala a otros el camino. O tal vez sea tu propio miedo lo que ellos huelen. Guillermina se entrega a su destino como si no tuviera otra opción, pero en vez de responder al papel de víctima, en vez de encorvarse de hombros como la niña Julieta, elige odiar y reír, odiar a una madre pasiva y estúpida y reírse de otros para que no presientan que dentro de esa piel hay un ser desdichado. Intuye que es mucho más sencillo atrapar a una presa que ya está herida.

Lo que no espera la adolescente Guillermina es la llegada de la niña, eso es lo que perturba su plan de huida continua, eso lo que le roba la libertad de escapar de ella misma. Y luego esa niña va creciendo, su hija, y se dedica a observarla como si pudiera adivinar el secreto. La ama, pero no tanto como a su propia vida, también la detesta por haberle arrebatado la estrategia de escape que le había permitido sobrevivir. La ama pero no quiere ser su madre. La niña nació sabiendo, se abrió paso entre los silencios turbios de la abuela y la madre, porque tiene la habilidad perturbadora de escuchar aquello que no se dice. Lo que esta temible criatura quiere es acapararla, que renuncie al amor, a su juventud, y se las apaña para espantar a todos los tíos que se le acercan, incluso a alguno que parecía dispuesto a cargar con una criatura que parece fácil, pero engaña, porque no lo es: quiere dominarla, asfixiarla, apartarla de la vida y para ello espía sus entradas y salidas, sus horarios, le fisga el bolso, lee los mensajes del móvil.

Ahora la está llamando desde la planta de abajo, con todo recogido y listo para el viaje. La maleta está en la entrada y el coche, en la puerta. En su estómago cruje la impaciencia de verlo de nuevo, de arrojarse en sus brazos, de acelerar la cena improvisada que tendrán a la llegada para encerrarse luego en el cuarto echando el pestillo y que la niña no pueda entrar aunque lo intente. Sabe que se quedará un rato, la niña, lloriqueando como sin ganas, tendida en el suelo, al lado de la puerta, como un perrillo, esperando a que le hagan sitio en la cama. Si no le hacen caso, al rato se marchará a su cuarto. En más de una ocasión él ha cedido y le ha abierto la puerta, la ha tomado en brazos acostándola con ellos, él en el centro. Guillermina siente una indefinible irritación, no sabe si son celos, porque tampoco alcanza a entender a qué viene tanta consideración por la cría. Lo piensa cuando él renuncia a echar un polvo una noche porque siente pena de esta niña que a su manera casi silenciosa hace notar que está en la puerta.

Rafael es atractivo, tiene esos ojos que a ella la vuelven loca, esos ojos de párpados hinchados, como si estuviera siempre falto de sueño o algo colocado, que turban, que miran de abajo arriba y pueden expresar desamparo, pero si algo se tuerce o si algo desea, brillan con fiereza, con una intensidad que la arrebata y la anula a un tiempo. En un principio pensó que era uno de esos tíos que quieren conquistar a la madre a través de la hija, pero luego se dio cuenta de lo ridículo que era suponerlo. Más bien lo que ha conseguido es crear una competencia insana entre ellas. Julieta asegura que no lo quiere, pero se las arregla para no dejarlos solos ni un instante, invade el espacio de ellos sin hablar, a su manera felina y oscura intercepta cualquier confidencia entre los novios. Rafael se deja interrumpir, finge una paciencia que no tiene y actúa como un hombre ecuánime que intercede tanto por una como por la otra. Lo que Guillermina soñaba como un rollo excitante se ha convertido en tardes de películas infantiles, de parchís, de horas jugando al Memory. Ella se rebela contra la idea de que los tres formen una familia. Quisiera follar en la cocina, en el sofá, a deshoras, llevárselo al cuarto cuando él entra en casa después de varios días sin aparecer, pero la niña, con su sola presencia, lo impide. Él pierde un tiempo insensato tratando de ganársela, sacándose de la mochila cualquier chorrada para cautivarla, y Julieta corresponde al obsequio con la mirada baja, como si estuviera descifrando ese gesto de generosidad hacia ella. Dile que gracias, Julieta. Gracias, dice. Un gracias tímido y esquivo, pero a él no le importa, como tampoco le irrita que se tumbe a la puerta del cuarto si es que echan el pestillo.

Cuando la niña dice que quiere quedarse en la aldea, cuando insinúa que podría quedarse acogida en casa de Virtudes y Leonardo, piensa Guillermina en si eso se le permitiría a una madre, dejar a su hija en otras manos para vivir sin ataduras esos años de juventud que le han sido arrebatados. Nunca ha sabido calcular las consecuencias de sus actos, ha dejado que la vida decidiera por ella: por ocultarle a su madre el embarazo, por negarse la evidencia a sí misma, aquello creció hasta que fue imposible interrumpirlo. Tal vez ahora sólo queda esperar a que la niña se haga de una vez por todas tan mayor como para convertirse en una hermana, aunque no cree que pueda librarse jamás de ese afán de control que ejerce sobre ella.

La llama desde hace un buen rato, sabe que la niña la está oyendo aunque no responda, que se ha propuesto retrasar el momento de salir para sacarla de quicio. Puede adivinar cómo será el insoportable viaje de vuelta, el silencio irritante que va a presagiar otro curso difícil, las llamadas del colegio, la exigencia continua de la profesora a que actúe como debe, como madre. ¿Cómo actúa una madre? No faltan teorías sobre eso. ¿Como se comportó la suya, encogiéndose de hombros? ¿O como hace ella, exigiéndole a una niña que la deje vivir su vida?

Imagina que cuando lleguen él estará rondando por el barrio, o esperando en el bar de abajo. No tiene llave de la casa. Eso es lo que provocó la ruptura. Ella le pidió que le devolviera la llave que le había entregado demasiado pronto, cuando casi era un desconocido que frecuentaba el pub en el que ella trabaja. Al poco descubrió, con extrañeza, que él entraba y salía a lo largo del día sin avisar, sin que se hubiera planteado todavía en ningún momento que viviera allí definitivamente. Una noche que ella volvió a casa antes de lo habitual, dio la luz del pasillo y lo vio salir precipitadamente del dormitorio, alterado, y echársele entonces en los brazos, comerle la boca, decirle, me has asustado, me había quedado dormido y no sabía ni dónde estaba. Ella percibió un aire de intimidad interrumpida en el piso, como si hubiera entrado en una casa que no era la suya.

Él trabaja a saltos, no gana mucho dinero con el asunto de la informática a domicilio, pero siempre presume orgulloso de ser dueño de su propio tiempo, y aparece y desaparece; hay noches que no duerme en la casa, pero ella intuye que en algún momento del día anduvo por allí. Faltan un par de botellines de la nevera. Hay una colilla en el cenicero. Cuando le pregunta a Julieta ella le contesta que sí, que estuvo un rato y que luego se fue. ¿Y por qué no me lo has dicho antes?, pregunta Guillermina. Que te lo diga él, es tu novio.

Él estará abajo en el bar, esperando. Se comportará con cuidado, procurando ganarse la confianza perdida. Esta noche le dedicará toda la atención a ella. Picarán algo. Beberán cerveza. Julieta se retirará a la cama y ellos luego al cuarto. Se equivoca si piensa que la niña se tumbará en el suelo, porque ya nunca va a llamar ni a presionarlos al otro lado de la puerta. En el colegio no volverán a sugerirle que la lleve a un psicólogo. A todos los efectos, parecerá curada de todas sus manías. Desde hoy dejará de comportarse como una niña. Las noches en las que él aparezca, que no serán todas, se preparará el sándwich y el vaso de leche y colocando la cena en una bandeja se retirará a su cuarto para cenar sola. Cenará y comerá sola siempre que él esté. Ni Rafael ni ella, la madre, comentarán jamás este comportamiento, no le exigirán que cene con ellos, ni tratarán de integrarla en su conversación. Sólo al final, a la hora del triste final de Guillermina, habrá una pregunta que a Julieta le sonará como una confirmación: nunca me vas a perdonar, ¿verdad? Y la hija, incapaz de sentir piedad por quien no la tuvo con ella, tomará la mano de la madre, pero no dirá nada, nada. La dejará irse sin aliviarle la culpa.

Guillermina la llama una última vez, se sirve otro café y mira a su alrededor intuyendo que no volverá por aquí, salvo que haya suerte y pueda vender la casa. Desde el ventanuco de la cocina ve pasar a Leonardo a punto de hacerse viejo camino del huerto. Aquí los escándalos duran lo que dura una vida. Enciende un cigarrillo y se sienta a la mesa. El hule es el mismo sobre el que ella contaba migas de pan y contaba los días que le quedaban para fugarse. Hay un cuaderno de Julieta, el de los deberes que le han mandado en el colegio. Léelo, mamá, por favor. Mamá, qué raro le suena, esas dos sílabas que no están hechas para ella. Con la inquietud que provoca estar a punto de probar una sustancia venenosa pasa la mano por la tapa.

La niña se ha incorporado y se ha sentado en la cama. Acaba de escuchar a su madre de nuevo. Ya no hay escapatoria, no puede quedarse. Lo de vivir en casa de Virtudes fue una bobada que alimentó su fantasía, pero la verdad es que el único lugar que tiene en este mundo es junto a su madre. Ahora Guillermina se ha quedado en silencio, tal vez esté en este justo momento recapacitando. Al sentarse ha sentido como si una bola densa en su interior se desplazara hacia abajo, un globo lleno de líquido espeso buscando la boca de un túnel por el que abrirse paso. Esta noche soñó que en su vientre albergaba un sapo, el sapo que hay junto a la acequia, igual de gordo y de verrugoso. Se mete la mano por dentro de las bragas.

Julieta, la joven Julieta que no ha estado en esta casa desde que saliera hace veinte años, sigue los movimientos de la niña y se altera por la tensión que le provoca el reconocerlos. Recuerda el coágulo a punto de salir de la vagina infantil y la niña recibiéndolo con la mano abierta, llenándose los dedos de sangre, sacándolos de la braga, rojos, pegajosos. Levanta la mano a la altura de los ojos y la palma ensangrentada sabe que su destino está escrito. La niña, con una clarividencia impropia para su edad, piensa, estoy sola, a partir de ahora estoy completamente sola. Irá al baño, se lavará el pubis con el mango de la ducha y doblará papel higiénico para contener la sangre. No quiere pedirle una compresa a su madre. Ahora ya sabe que no puede contar con nadie, que si cuando baje su madre la mira y le señala el reloj, si cuando baje su madre mete la última bolsa de comida en el coche, si cuando baje su madre le dice que espabile, si cuando baje, su madre, con total naturalidad, le anuncia que comerán por el camino, que mañana irán al mercado y recogerán la lista de los libros del colegio, que irán a encargarlos a la librería, que igual les da tiempo a darse un último baño en la playa, si cuando baje su madre no quiere que su mirada se encuentre con la de ella, y sonríe distante, y actúa con diligencia, sin la habitual pereza y molestia con que emprende cualquier tarea doméstica, si cuando baje su madre la deja un momento sola para que se despida del espacio y sale a esperarla fuera, despidiéndose de Milagros, Paquita, Virtudes y Encarna, de Leonardo, del médico si es que hoy pasa, del cartero, si es que hoy pasa, de los hombres esquivos, que ya casi viejos cuidan el monte de incendios, aunque ya se va el calor de agosto y en el otoño empieza la vida a replegarse, si cuando baje su madre actúa como si nada supiera de lo que está escrito en ese cuaderno en el que dos frases abren su confesión, no quiero irme de aquí, no puedo irme de aquí, si no lo ha leído o finge que no lo ha leído, deberá aceptar que aquí se acaba su niñez, que en nadie podrá confiar ni buscar amparo.

La niña se levanta y camina hacia el baño con la mano alzada llena de sangre. Julieta la ve salir y se apoya en el umbral de la puerta y se recuerda a sí misma aquella mañana. Mira hacia la cama pero no me ve, aunque soy yo la que ahora estoy sentada y respiro agitada. Soy yo, quien esto cuenta, la que siente la presencia de Emma, que agachándose hasta estar a mi altura me susurra al oído, puedes quedarte conmigo.

Hay fantasmas de los vivos igual
que de los muertos.

JOSEPH CONRAD

La veo entrar en la cocina. Se seca el sudor con el reverso de la manga y se quita la sudadera que anuda por debajo de su barriga abultada. Éste es el sitio al que regresa Julieta, el lugar que contiene el corazón de su historia. Se sienta delante del cuaderno. Recuerda su incapacidad para escribir una sola frase en todo el verano y cómo aquella última noche, por pura urgencia, sintió que las palabras brotaban casi como la sangre que estaba a punto de abrírsele paso. Intentaba que los nervios no la cegaran, que no alteraran lo que quería expresar, y también puso cuidado con la ortografía, como si de eso también dependiera la decisión de su madre después de leerlo. Siente lástima de aquella niña preocupada por su letra, por la niña estafada que consideraba que su madre daría más crédito a sus palabras si la redacción no tenía faltas de ortografía.

Abre el cuaderno y un batallón de hormigas se ve sorprendido en lo que ya es su habitáculo, entran y salen eficientes como con un propósito, arrastrando polvo y tierra porque las migas de madalena que las llevaron hasta allí se gastaron hace ya veinte años. Debía de haber un pétalo de amapola en la primera página, pero no está. Sólo queda una mancha desvaída, un rastro colorado de aquella flor que fue colocada encima de las primeras palabras en donde resalta con lápiz rojo aquellas que necesita que provoquen alarma y compasión.

No quiero irme de aquí. No puedo irme de aquí.

Mamá, te llamo mamá porque eres mi madre. Quiero hablar contigo y no puedo, me es imposible, porque lo que yo quiero contarte es muy fuerte. Mamá, yo no puedo volver a Valencia. No podemos volver a Valencia. Ni yo ni tú.

Me he sentado frente a Julieta y la observo mientras lee. Lee para sí moviendo apenas los labios, pero yo escucho sus palabras porque fueron las mías, aquellas que escribí para salvarme.

Tú has creído que yo no lo quería a él por celos, pero no es así. Yo no tengo celos de él, mamá. Es que no entiendes lo que pasa. Él me ha dicho que a quien quiere de verdad es a mí, él me ha dicho que lo nuestro es un amor secreto y bonito que sólo podrá saberse cuando yo sea mayor, y que mientras tanto tenemos que ocultarlo, sobre todo a ti. Él no te quiere, mamá. Créeme. Te engaña. Sé que te vas a enfadar muchísimo conmigo, que dejarás de hablarme, que me dirás que soy odiosa y que nací para arruinarte la vida como me dijiste un día cuando él me abrió la puerta del dormitorio, pero es que yo entonces no podía soportar que se encerrara contigo.

Yo quiero que me creas a mí y no a él. Quiero que me creas si te digo que yo no estoy enamorada de Rafael, que no lo quiero. ¿Te acuerdas de aquella noche que entraste y él salió del cuarto? Yo estaba dentro y quise gritar pero no pude porque tenía miedo de que me matara o de que te matara a ti o de que tú te enfadaras conmigo.

Mamá, él me toca, me ha hecho tocamientos por todas partes y me hace tocarle, me obliga a hacerle cosas que no puedo explicarte, porque me dan vergüenza, y me dice que me quiere, que todo eso es un juego entre los dos. Sabe que la tutora te ha preguntado por mí varias veces y él me dice que si la tutora se enterara de algo me llevarían a un internado, como a un manicomio porque todo el mundo me tomaría por mentirosa y por loca. Él me dice que está enamorado de mí, que tú no entenderías que nos quiere a las dos, pero que sólo está enamorado de mí. Yo no estoy celosa, mamá, yo sólo quiero que sepas lo que está ocurriendo. No te puedes casar con él porque te está engañando conmigo.

No se lo he contado a nadie, quiero que sepas que nadie se ha enterado de todo esto porque él me dice lo de que me encerrarían. Yo quería contártelo todo, pero él no me deja, me dice que si yo te contara esto te mataría del disgusto y me echarías a mí la culpa. Y que podemos ser felices así, los tres, tal y como estamos ahora.

Pero es que las cosas pueden ir a peor, mamá. Hay una cosa que tienes que saber y que es muy importante. Esto es muy importante. Me dijo Rafael que hasta ahora todo había sido un entrenamiento, que en ese juego todo había sido hasta ahora como aprender, pero que cuando me viniera la regla ya lo haríamos como un hombre y una mujer. Siempre me has dicho que no quieres que a mí me pase como te pasó a ti, que no quieres que mi vida se tuerza como se torció la tuya. Tú me tuviste a los dieciséis años, ¿y si me pasara a mí eso a los doce? Piensa que no sólo sería malo para mí, también para ti. ¿Qué íbamos a hacer entonces? Yo tendría que dejar de ir al colegio y tú tendrías que ser la madre del que naciera.

Igual no me crees, mamá, igual piensas que me he vuelto loca y que lo único que quiero es que Rafael no vuelva a casa y me he inventado toda esta película, pero no es así, mamá, de verdad que no es así, que él no te quiere, mamá, que a la que quiere es a mí, y que eso no puede ser, que yo no lo quiero, que me da asco y que me da asco porque además no se lo puedo contar a nadie, mis amigas iban a alucinar y jamás me creerían. Ellas cuentan que se besan con un chico, dime, cómo les cuento yo todo lo que él me ha hecho y me hace hacerle. *Por favor, mamá, si te da miedo de él, de que nos haga daño, vamos a quedarnos aquí hasta que él se haya olvidado de las dos. Yo no lo quiero, de verdad, créeme, no lo he querido nunca. Me ha obligado a hacerlo. Me obligó él.*

Hazme caso
Por favor, mamá
Te lo pido

Julieta

Sus manos están sobre la mesa, a ambos lados del cuaderno, y yo poso también las mías sobre el tablero. Sus manos y las mías, separadas apenas por unos centímetros, separadas por veinte años desde el tiempo en que nos rompimos en dos. Levanta la mirada, Julieta levanta su mirada y la fija en mí, o así lo siento, porque sus ojos no atraviesan mi cuerpo sin verme, sus ojos se detienen en los míos y las dos nos observamos, con curiosidad, con asombro, con reconocimiento. Julieta me ve. Entonces, tal vez para que yo tenga la certeza de que siente mi presencia, desliza sus dedos suavemente sobre la superficie de la mesa hasta tocar los míos y los acaricia, toma el dorso de mis manos entre las suyas y las aprieta ahora fuerte, cerrando los ojos.

—Lo leyó —me dice con voz temblorosa.

—¿Cómo lo sabes? —le pregunto.

Y sé que me escucha porque responde: por la flor. La flor está cambiada de página, dice, y para mostrármelo saca los pétalos secos de la tercera hoja donde está escrita la petición desesperada que resuena aún en la cocina medio a oscuras, *hazme caso, por favor, mamá, te lo pido, Julieta.*

Es ella la que se acerca a mí, ella la que me toca con cuidado como si corriera el peligro de perderme, como si me pudiera esfumar. Es ella, ella, la que me dejó aquí para librarme del destino de ambas, ella la que cumplió la condena dejando a la niña en el paraíso del último verano de la infancia. Ella llora ahora, sin hacer ruido, con miedo a asustarme, y yo sonrío, quiero que entienda que en este tiempo sin tiempo en el que he habitado sólo ha existido la espera. Lo entendí la primera vez que la vi regresando a la aldea, subiendo el camino del cementerio cargada con las cenizas de la madre para esparcirlas por el monte, lo entendí, pero entonces no supe cómo acercarme o tal vez era ella, Julieta, la que no estaba aún preparada para enfrentarse a mi presencia. Supe entonces que en esta infancia eterna sólo cabía aguardar a que ella me viera y que es ahora, al estar al fin frente a frente, cuando la espera ha llegado a su fin y podemos reencontrarnos.

Julieta, pienso que le digo, Julieta. Sus ojos no se han apartado de mí, está observando su melena de entonces, las dos trenzas apartándole el pelo de la cara, la camiseta de Piolín, los brazos largos y delgados, los hombros, de niña tímida y esquiva, siempre algo inclinados hacia delante. Julieta, la nombro de nuevo, deja de preocuparte por mí, yo estoy bien, no quiero atormentarte, ahora vas a tener a quien cuidar, eso es lo único que debe importarte, déjame ser un buen recuerdo, quiero ser un buen recuerdo, cuando vuelvas no estaré aquí para asustarte, ni para impedirte que le ayudes a crecer sin miedo, no soy tu maldición, lo mejor se quedó aquí, conmigo, y eso nadie te lo puede arrebatar. Déjame ser un buen recuerdo.

Toma el cuaderno y arranca las tres hojas escritas por las dos caras. Una a una las parte en pedazos, las arroja a la chimenea y enciende una cerilla de la caja que hay sobre la repisa. Las vemos arder. Las palabras de la niña arden y suben por el tiro de la chimenea para que Julieta no tenga jamás la tentación de volver a leerlas y regodearse en la vieja desesperación. Veinte años de silencio hechos cenizas. Piensa Julieta en todos los rituales que es necesario cumplir para echar lastre, para escupir todo el veneno. No puede borrar las heridas, que seguirán doliendo según los días, pero una voz desde su pasado la está empujando a emprender el camino del futuro. Sabe que Virtudes está en la puerta, esperándola, y sabe que hay ahora asuntos urgentes a los que hay que dar respuesta. Han de contar a los padres de Virtudes que el bebé es de las dos, que es de las dos porque están juntas, se aman y están decididas a ser madres. No calcula cuándo será mejor enfrentar el asunto, si en el primer plato o en la sobremesa, pero han venido para hacer público un amor que comenzó hace casi una década, o tal vez fue mucho antes, quizá nació cuando eran niñas. Leonardo el viejo estará presente sin estarlo. Le ha contado Virtudes que su abuelo vivió un gran amor con una joven profesora de instituto y que el asunto acabó trágicamente cuando la muerte del hijo Leo los convirtió casi en culpables de asesinato, y que mejor no mencionarlo porque es un tema tabú en la familia. Pero no hay secreto que pueda ocultarse en estos montes vacíos. Los pocos habitantes que quedan están al tanto de todo. Julieta mirará a Leonardo cuando Virtudes, incómoda pero decidida, les cuente a sus padres que son pareja, que el niño, porque es niño, que espera Julieta es de las dos, que van a ser abuelos. Tal vez el viejo piense que algo tienen en común estos amores que se salen del camino trazado.

Cuando el fuego se apaga y las viejas palabras de la niña se extinguen como el fuego, Julieta echa un último vistazo a ese espacio que habrá de hacer suyo de nuevo. Y no será la pintura de las paredes, ni las instalaciones renovadas ni unos muebles que le darán otro aire a la estancia, no serán los óleos de Virtudes ni los llantos del pequeño Leo ni el hecho de agrandar los ventanucos para que entren la claridad y la belleza del monte, van a ser las palabras que ha escuchado de la niña tantas veces acallada, encapsulada, reprimida, diciéndole, concédeme un solo deseo, ser un buen recuerdo, que favorezca la reconciliación.

Respira hondo Julieta y toma fuerzas para enfrentarse a este presente que ya la espera, que le reclama y exige toda su atención.

De los patios y los huertos surgen aromas de las comidas que reúnen en torno a la mesa a aquellos que han vuelto con ansias de refugiarse bajo el cielo raso de la infancia. Olor de guisos de cuaresma, de paella, de chuletas con ajoaceite. Es el tiempo de las promesas. Todos se sienten algo transformados, o así lo creen, por un tiempo en el que se les prohibió visitar a los que ya de por sí visitaban poco, y ahora, entre la alegría y el remordimiento, celebran volver a estar juntos, aunque algunos de los viejos hayan perdido la cabeza durante el encierro del virus creyendo haber sido enterrados en vida. De cada casa salen voces que llenan las dos calles principales de rumores y risas, y el vino contribuye a alimentar la ilusión de que el pueblo no ha de morirse si todos ellos se empeñan en que reviva. Hay dos mujeres nuevas desde hace unos meses, ni jóvenes ni viejas, dos mujeres que tras desengañarse de la vida urbana o de un amor pusieron tierra por medio buscando este silencio que no es tal y esta soledad que tampoco lo es, porque desde que llegaron saben que es imposible pasear por los caminos del monte sin que un vecino de la comarca pare el coche para acercarlas a algún destino. Mujeres que, protegidas por perros enormes y amantes de los gatos, hacen conservas para el invierno como acostumbraban las que las antecedieron y estudian y difunden las propiedades de las plantas sin que nadie las tome por brujas, pero son raras y libres, valientes y misteriosas.

En el pajar de Emma una panda de amigos se ha reunido para hacer una barbacoa en el patio, entre los materiales de obra que atestiguan que el tiempo en la aldea avanza a un paso que no puede alterarse, salvo que uno esté dispuesto a enemistarse con media comarca. Hoy es el día en el que abundan los propósitos de regreso, de entendimiento, de cercanía con esta tierra de la que han estado tan alejados. Los que han venido de fuera sienten que han aprendido de la dureza del encierro en la ciudad y prometen enmendarse, pero los que se quedan saben que la primavera es engañosa y embaucadora, siempre ha sido así, sobre la belleza del valle se construyen sueños que no podrán cumplirse o que se olvidarán en cuanto se pongan kilómetros por medio y el presente imponga sus reglas. Pero qué importa, hoy es un día para disfrutar de las medias verdades.

Dejamos la aldea atrás y yo camino tras Emma por la carretera de tierra, jamás asfaltada, que baja al valle de Ademuz; sigo sus pasos decididos, que se desvían por el sendero de la derecha. Sé muy bien a dónde se dirige, al bosque de las sabinas blancas. Se apoya de vez en cuando en la vara de madera que la hace parecer vagabunda, pastora o excursionista, según sea iluminada por la luz o difuminada por las sombras, y admira el panorama. Lleva los vaqueros doblados hasta las rodillas, sus tobillos recios son inmunes a las picaduras de los bichos o al arañazo de las ortigas. Anda con la misma energía que el verano en que la conocí, es ésta la mujer que creía y aún cree que su voluntad podía doblegar a la naturaleza. De ella he aprendido que sin propósito de herir se puede hacer daño, que no todo el que ha hecho daño merece un castigo implacable y que se puede sobrevivir a una pelea mortal, aun habiendo quedado tuerto o cojo.

Las vidas de los que ya no están me acompañan, habitan en mí porque sus voces se superponen unas a otras, como las de los pájaros que he aprendido a distinguir. Hay un lazo que une todas las historias que viví, que me contaron o que escuché sin ser vista, y así ha de ser para que nadie desaparezca del todo. Es el cuento interminable, rico en penas y alegrías, en miedos y aventuras, que repetimos sin cesar a cada paso, como si fuéramos los niños de los cuentos antiguos que son sensibles a las maravillas del bosque, pero se mueren de miedo cuando se hace de noche y se dan cuenta de que alguien los ha abandonado a su suerte. Aunque nadie escriba lo que aquí pasó, siempre hay alguien que escucha y cuenta, que no desdeña la peripecia de una vida por pequeña que ésta parezca.

Desde las ramas de una sabina de quinientos años, cuya edad está escrita a sus pies por el hombre de los árboles que ahora los protege de un posible incendio, observan el monte dos pequeños mapaches que no parecen inquietarse por nuestros pasos. Tal vez no adviertan nuestra presencia. Como dos colonos valientes cavilan la estrategia para hacerse dueños del terreno. Emma, que hasta el momento caminaba en silencio, se vuelve ligeramente hacia mí y, retomando esa conversación nuestra que no conoce el principio y el fin, me dice, no, no tuve hijos, y no es porque no los deseara, fue la naturaleza la que decidió por mí y quién sabe si no fue lo más sensato.

Dudo antes de acelerar el paso para acercarme a ella, porque todavía temo expresarle lo que siento. Me da miedo parecerle ridícula. Pero pienso que si no es ahora, cuando nuestro destino se diluye, tal vez ya nunca pueda darse esta oportunidad, y entonces sí, me pongo a su lado y le tomo la mano. Ella la agarra con firmeza. Al levantar la vista para observar su reacción veo que a su rostro asoma aquella sonrisa de la juventud, un gesto inconfundible de victoria.

ALGUNAS NOTAS PARA TERMINAR

Cuando un atardecer de agosto de 2022 subimos a la aldea de Sesga para que yo paseara una vez más por el lugar en el que situaba la acción de esta novela, una mujer, Margarita, me dijo que había estado esperándome. La frase me resultó extraordinaria. No sé si incluso comentó que había retrasado su vuelta a Tarragona, que es donde vive habitualmente, por verme. Tenía algo para mí. Entró a su casa y volvió con una foto que puso en mis manos con una sonrisa: en ella, una chica joven con un cardado yeyé abría sus brazos para albergar a cuatro niños. Reconocí a mis hermanos, me reconocí a mí con dos años apenas. En el reverso había escrito: «1964. Los niños de Ademuz», y después nuestros nombres con los cantarines diminutivos propios de la comarca. La miré sin dar crédito. Ahí estaba una imagen de mi pasado que yo desconocía. Tampoco sabía nada de mi vinculación con esta mujer, que resultó haber estado de interna en casa de mis padres durante dos años. Ella encontró su vida en la ciudad catalana y nosotros seguimos dando tumbos por España. Lo más impactante es que nos definió a cada uno de los hermanos con una precisión tan perspicaz que los mismos adjetivos servirían para describirnos ahora mismo, cincuenta y ocho años después. Pensé entonces que algo muy profundo me ligaba a aquel lugar que forma parte de la comarca donde pasé los veranos de mi infancia. La tierra de mi madre, el Rincón de Ademuz. Nunca estará mejor empleada la palabra epifanía para lo que experimenté aquella tarde.

Aunque no he sido fiel a la imagen de la aldea real y la he ordenado a mi antojo, sí creo haber mostrado mi amor por esta preciosa y singular comarca. Por supuesto, los personajes y las historias están inventados por mí, pero está claro que en la literatura todo procede de una inspiración real y en esta novela se dan cita los oficios de mis tíos, las costumbres populares y la riqueza natural. El habla de los mayores con los que me crie fue la plantilla sobre la que escribí estos diálogos, quería estar segura de que los personajes de la novela hablaran con tanta claridad y precisión como las personas de la zona.

Siempre tengo que agradecer a mi hermano César que me sirva de chófer y guía por los caminos del Rincón, que conoce mejor que nadie. Tengo la suerte de que nunca le da pereza perder el tiempo conmigo.

El profesor de Ciencias Naturales Miguel Atienza fue una buena ayuda para hacer recuento de los cambios estacionales. Charlar con un profesor que transmite tanto entusiasmo al hablar de su tarea pedagógica fue esencial, tanto como los consejos que me dio mi buen amigo el jardinero Eduardo Barba.

No podría haber escrito esta historia sin las hondas conversaciones mantenidas a lo largo de los años con L. G., que, con una generosidad imposible de agradecer, retrocedió a la negrura del pasado para transmitirme cómo el abuso afecta en la infancia y cómo se lidia con ese hecho en la edad adulta. Espero que tome este libro como prueba de amistad.

La insistencia de mi editora, Elena Ramírez, en que me centrara en el libro me obligó a luchar contra mi habitual dispersión.

Y qué decir sobre Antonio, a él se lo debo todo.

ÍNDICE